KB055953

아픔도 근육이다

아픔도 근육이다

정선남 시집

좋은땅

시인의 말

초록으로 물들고 싶었다

야트막한 산 중턱 어디쯤

볕 잘 드는 곳에서

한 그루의 뿌리 깊은

나무가 되고

싱싱한 숲의 일부가 되어

높지도 낮지도 않은 그곳에서

비우고 채우기를 반복하면서

등을 곧게 펴고

우듬지 아래로 쏟아지는

빛을 온 몸으로 쬐고 싶다

2022년 11월

내 생애 가장 큰 위로가 그대였음을 이제사 고백하네

정선남

4 시인의 말

1부 | 그대라는 위로

8   그대라는 위로
10 쉽내 나는 사랑
11 남편의 구두
12 목소리
13 사랑 착각
14 오독誤讀
15 사랑 느낌
16 하루 그 추억
18 매미의 변
20 춘향이의 환생
22 그리움을 품다

23 참기름 인생
24 비밀번호
26 그리움
28 국화차 마시는 날엔
30 봉인을 풀며
32 몸살
33 장난
34 바람의 시간
35 꿈속에서도 이루지 못한 꿈
36 아픔에도 종착역이
    있다지요

2부 | 시들지 않은 추억 속으로

40 아버지
42 친정집
44 소나무를 읽다
45 오래된 기억
46 오래된 기억·2
48 소리
50 황초굴
52 가오리 장지갑
53 안부를 묻는 방법
55 세貰를 놓다
57 고흐, 별이 빛나는 밤

59 추억
61 묘목농원을 지날 때마다
63 소나무 옹이
65 고목이 자라는 한의원
66 연화동 어느 부자의 연대기
67 가뭄을 캐다
69 어떤 기도문
70 돌봄
71 아침을 맞으며
72 무섭 외나무다리
73 행복한 고물상

3부 | 손끝으로 그리는 세상

76 우울한 봄
77 길상사에서
79 사세요,
   부디 나를 사 주세요
80 부석사 조사당 선비화
81 그날
82 월든 호숫가에 가면
84 영원은 없다
85 향기를 읽다
86 쓰라린 외침을
   외로이 삼키며
87 이웃사촌 맹수 아저씨

89 증명사진의 내력
90 자동차에 빗대어
91 꽃에도 그늘 든다
92 말 말 말
94 붉은 말
95 마음이 허해서
96 긴 외면
97 우렁쉥이 얼굴
99 겨울 독서
101 격발의 순간
102 사격선수의 고뇌
103 완경完經

4부 | 마음에 바람이 불어오면

106 허리띠
107 어느 샐러리맨의 술주정
109 뒤틀린 맛
110 두렵고 낯선 길
111 어떤 경매
113 기억의 화석
115 벽의 통증
116 졸음운전
118 흰 그림자
119 이른 봄의 위로
121 소백산 붉은여우
122 풍기 인견

123 삶의 신호등
125 눈사람
126 쪽동백나무 아래에서
128 코골이
129 고추잠자리가 건넨 말
130 부석사에 가면
132 황금가지 나무 아래로
133 비상飛翔
134 걷는다는 것은
   산다는 것이다
136 봄은 빛으로 먼저 온다

137 해설 '아픔의 시, 긍정의 힘'

1부

그대라는 위로

그대라는 위로

익숙한 것에 화르르 미움이 돋아

발가락 끝까지 서러워서

마음과 마음 사이 찬 서리 끼던 무렵

미움에도 다리가 돋고 날개가 있음을 알았네

세월 지나니 몸에 새겨진 뾰족한 기억은 희미해지고

몸을 빠져나가는 기운은 빠르게만 느껴져

아웅다웅했던 시간은 덧없기만 하네

이제 와 지난 시간을 돌아보니

오래 길들인 편한 신발 같은

그대가 있어 험한 인생길 그나마

무던히 걸어왔음을 알았네

때늦은 고백이 그래도,

더 늦지 않아서 다행이라고

궁색한 핑계거릴 찾다가

손과 손을 마주 잡는다는 게

그대 손등 위 내 손 살갑게 얹는다는 게

이리 긴 세월이 필요한 줄은 몰랐네

슬며시 맞잡은 그대 따스운 손이 위로라는 걸

내 생애 가장 큰 위로가 그대였음을
이제사 고백하네

쉰내 나는 사랑

시간은 가볍고
말이 무거워지는 쉰의 길목에서
심드렁한 말이 툭툭 불거진다.
찬밥 한 사발 같은 사랑이
식은 밥상 위에 덩그러니 놓이고
내 편도 니 편도 아닌 남의 편이 된
사랑이 밥상에 앉아 있다.
동행 길인 듯 고행 길인 종착역은 오리무중
그럼에도 내 생의 주소는 당신
기어코 눅진한 말 한마디 듣겠다고
한평생 실랑이하며 시든 구애
지금도 여전히 예식장을 걷던
두근거리는 심장을 간직한
미련한 사랑을 상 위에 올린다.

남편의 구두

직장에서도 한없이 공손했을
구두, 현관에 가지런히 놓여 있다
허리를 숙이지 않고서는
깊은 속을 알 수가 없다

속 시원히 안을 뒤집어 보지도 못한
말끔한 얼굴로 반들거리는 구두 속
이리저리 채인 생채기 고이 잠들었을까
각다분한 마음 숨어 있을까

세상이 제아무리 비뚤게 덤벼 와도
언제나 가지런하고 말끔한 저 모습

목소리

일 년 내내 굳게 닫힌 남편의 입
어딜 가냐고 물으면 묵묵부답
언제 오냐며 물어도 대답 대신
미소가 얼굴을 뚫고 표정으로 올라온다
목소리가 얼굴에서 생겨나는 순간이다
목소리가 사라지고 얼굴이 말을 한다
늘 남편의 목소리는 부재중이다
결혼 20년이 지나도록 얄궂은
거친 손처럼 까끌까끌한 그 목소리가
생일날 또렷하게 고막을 울린다
미역국 먹어!
뜨거운 미역국 한술에
불평으로 잠겼던 마음의 빗장을 푼다

사랑 착각

눈보다 심장이 먼저 알아보는 것

심장이 솜사탕처럼 부풀어 오르는 것

혈관이 팽창하여 가슴이 요동치는 것

선홍빛 얼굴로 물들어 가는 것

입보다 표정으로 먼저 고백하는 것

눈앞에 두고도 간절히 그리운 것

그리움에 달보다 환한 얼굴로 먼저 달려오는 것

천년의 시간이 지나도 오늘처럼 생생한 것

해가 지고 달이 가도 꼭 만나지는 것

그리움의 무덤이고

애태움의 무덤인 것

언제나 변치 않고 제 자리에 있는 것

오독誤讀

당신의 시선 변방을 서성거렸어요

마음속 당신이 너무 크고 깊어서

마음에 가두어지지가 않았어요

사랑이 커 갈수록

혈관과 뼈들이 녹아내렸지만

변방은 늘 사랑의 구석진 곳이라

끝내 속마음을 드러내지 못 했지요

당신은 화살을 쏜 적이 없지만

그 화살에 맞아 신음했어요

세월은 흘렀고

당신이 박아놓은 대못들은

변방 곳곳에 박혀 있었어요

그런데 말이에요

내가 느낀 그 변방이 실은,

당신의 마음을 관통하지 못한

오독의 길이란 걸 알았어요

사랑 느낌

그가 왔다

동공이 확장되고
심박수가 빨라지고
혈관이 팽창했다

사랑의 변이는
상호작용과 화학작용의 교차점
그리고 난데없는 고온 현상
한거울 눈보라 속에서도
싱싱한 붉은 장미를 피워 내는 힘

내 안의 너가 무한대로 커져서
더 이상 손으로는
감쌀 수 없을 만큼 부풀어 오르는 것

하루 그 추억

그대의 따스한 바람이
별을 흔들고
그 섬세한 숨결에도
뿌리가 흔들렸는데

아십니까?
하루 그 추억이
평생 가슴속에 살아 숨 쉬는
긴긴 호흡으로 남아 있음을

힘든 고비마다
버팀목이 되어
삶의 줄기를 세우고
따사로운 햇살로 다가와
만 갈래의 가지로 피고 졌음을

오랜 시간이 지나도
고행길을 걸으며

발목이 시릴 때마다

아픔을 어루만지던 추억

그 추억의 방에 누워 쉽니다

여전히 그 하루가 오늘입니다

매미의 변

탈피를 위한 긴 기다림이었지
어둡고 눅눅한 곳에서
허물을 벗기 위한 침묵은 길기만 했고
드디어 따스한 공기와 살가운 바람과
찬란한 햇빛을 보게 되었어
날개를 얻어 어디든 갈 수 있는
자유의 몸이 되었지만
어느 것 하나 쉬운 게 없었지
서늘한 바람은 서둘러 불어왔고
짝을 찾기 위해
나만의 서동요를 불러야 했어
자주 떼창으로 사랑가를 부르곤 했지
바람은 자주 방향을 바꾸었고
그때마다 더 다급해졌지
누군가는 소음이라지만
그건 처절한 사투인 거야
생각해 봐 죽음을 앞에 둔
단 한 번의 운명을 위해

더 이상 물러날 순 없었던 거야

어둠의 문으로 들어가는

지상의 시간은 빠르기만 한데

이 잡음 많은 세상

허공을 빈틈없이 꽉 채운 목청은

얼마나 애절한 울음인지

춘향이의 환생

깊은 산중 남원 골 동네 어귀
오르막 내리막
허공 가득 곡선을 그리며
춘향이 그네 타며
치맛자락 나폴나폴

풍선처럼 부푼 심장 속으로
바람이 들고 나고
사랑도 나고 들어
오래도록
기둥을 흔들고 있다

구름이 기울고
해가 기울고
바람이 세기를 가르는 동안에도
꺼지지 않는 천년의 사랑
가슴으로 이어져

세월 타고 흘러온 사랑이

아파트 단지 안 놀이터에 닿아

그네 위

젖살 통통한 여자아이

두 줄 꼭 부여잡고 치맛자락 팔랑인다

그리움을 품다

달은 늘 제 그림자를 따라다녔지
먼 길을 돌고 돌아도
누구도 외롭냐고 묻지 않았어
애타게 울부짖는 것들이 잠든 시간
어둠이 주는 묵직함은 고요를 더했지
크기가 정해지지 않은 시간이
은밀하게 자신만의 리듬으로 떠돌다가
적막한 어둠을 베어 물고
홀로 우뚝 솟은 나무를 발견했어
어느 순간
나무가 달을 포획해 버렸지
서성거리던 어둠이 끝내 머리를 풀며
날아가 버리고 난 후에야 알았지
허공엔 온통
그리움의 무늬가 새겨져 있음을

참기름 인생

참깨들의 반란이 시작되었다
돌아가는 불가마에 무방비로 들어가
온몸으로 열기와 마주했다
급류에 휩쓸리듯, 한순간
암흑 속으로 빨려 들어간
불가마 속 삶이 불타고 있다

찌그러진 생이나 둥근 생이나
의지가 불타오르거나
타다닥 뛰어 봐도
뜨거운 불 맛 매한가지
가마 속 안이다

엎치락뒤치락하며
까칠한 주름살 한 꺼풀 벗겨 내니
오히려 기름진 생으로 환생한다
침이든 숨이든 꼴깍 넘어가는 세상에서
이번 생은 고소한 말만 남기고 가야겠다

비밀번호

내 안 깊은 곳에 오래도록
열어보지 않은 잠금장치 하나 있다
어느 날 길 위에서
문득 떠오르는 얼굴
순간 숨이 막힌다

걸음을 멈추고
숫자를 누르듯 기억을 더듬어
내 안에 감금시킨 그를 해제한다
나만이 열어 볼 수 있는
비밀의 문이 열리자
그리움이 둥둥 헤엄쳐 나왔다
비밀스런 것은 어둡다
아니 너무 어두워 환하다

나를 울게도 웃게도 했던 그

햇살에 증발하는 습기처럼 사라질까 봐

기억 속 깊이 다시 밀어 넣는다
걸음을 옮길 때마다 발자국 아래
은밀히 자물쇠가 채워지고 있다

그리움

그의 이름을 꼭꼭 눌러쓰는 손이 파르르 떨린다

이름만 쓴다는 것이 얼굴까지 그리고 말았다

종이 위엔 그의 초상화로 가득하다

하늘하늘 그의 얼굴이 춤을 춘다

생각만으로도 숨이 차

어디에도 그의 이름을 쏠 수가 없었는데

뚜벅뚜벅 종이를 뚫고 나오는 그를

숨죽여 바라보다가 눈을 감아 버렸다

언제 눈을 열고 들어왔는지

마주 보고 깜빡이는 그의 눈 속에 별이 가득하다

아득한 밤하늘 찰나의 유성처럼

가슴에 별 하나 들어와 눕는다

가만가만 가슴으로 그를 다시 품는다

국화차 마시는 날엔

찬바람이 불어와

가슴속으로 파고들어

산등성이 곱게 물들어 갈 때

나는 당신이 그립습니다

시린 바람에 옷깃을 여미며

노랗게 물든 그대에게 젖어듭니다

찻잔을 앞에 놓고

가장 먼저 생각나는 당신이 있어

그리움으로 가득 고인 찻잔

당신이 온 듯 따스함이 손끝에 와 닿네요

이윽고 그윽한 차 향기가 가슴속에 차올라

당신과 나의 경계를 허물었어요

우정인 듯 사랑인 듯

돌아보니 당신은 그리움

다시 돌아보니 그것은 사랑

향기는 더 멀리 번지는가 싶더니

온몸으로 은은하게 배여

당신이 내게 오듯 또 다른 이에게 번져 가

더 많은 사랑을 불러들였어요

찬바람에 나부끼던 마음도

찻잔 속 고요하게 물들다

따스한 인연으로 피고 지고

그대를 그리며 오늘도 차를 마셔요

오늘은 그대를 더욱 뜨겁게 품어요

내 안의 가장 높은 온도로 맞이한 당신

그대가 오니 그리움이 지네요

봉인을 풀며

갑작스럽게 이별을 한 후
창창한 해를 가리려 커튼을 닫았습니다
암전이 주는 아늑함은 잠시뿐
시간이 흐를수록 어둠은 약한 마음을
더욱 장악하며 힘을 키웠습니다
빛을 가리기 위해 내린 커튼은
공기를 가두고 먼지를 가두고
끝내는 마음을 가두고 말았습니다
캄캄한 동굴이 되어 버린 방
창문 하나를 가렸을 뿐인데
세상으로 나가는 길을 잃어버렸습니다
어둠 속에서는 아무것도 보이지 않았기에
바깥이 궁금한 방은 어둠 속에서
침묵의 그림을 그리기도 하고
밤도깨비를 불러들이기도 했는데
그럴 땐 귀가 방보다 커졌습니다
귀는 미세한 소리에도 예민했고
마음에 생채기를 내기도 했습니다

커튼으로 가리려 했던 것은 어느새 흔적도 없는데

결국 스스로를 가두고 말았습니다

어둠의 손이 몸을 감싸고 있던 시간을 넘어

오래도록 닫혔던 커튼을 이제는 열어야겠습니다.

몸살

그가 급습했다 방에 누워 안절부절못하는 나에게 기어이 찾아왔다 저항도 하지 못하고 바닥에 등을 박고 식은땀을 뽑아냈다 그는 집요했다 며칠 동안 방 안에 가두고 온몸을 애무했다 마음을 저격당하자 온몸에 열꽃이 피었다 무지근한 몸은 한여름 엿가락처럼 늘어지고 호흡은 탁하고 혓바닥은 버석거렸다 온몸의 기운을 앗아간 그

아찔하다!

오기도 용기도 통하지 않은 폭력 앞에 축 늘어져 그와의 동침을 허락한 몸을 이불 속으로 밀어 넣었다 뼈 마디마디에 격렬하게 통증이 뚫고 들어와 신음이 터졌다 한참을 노려보다 떠났으나 잔해는 방안에 가득했다 목을 타고 넘어간 쓴 것이 온몸으로 번지자 천장이 회전문처럼 빙글 돌며 시린 하늘을 드러냈다 문득 몸이 붕 떠올라 은하를 떠돌았다 몸을 짓누르던 거대한 폭력이 아픔의 소용돌이 속으로 흘러들었다

장난

어린아이가
개구리를 향해
돌멩이를 툭 던진다
장난이란다

소년은
친구의 볼을
찰싹찰싹 때린다
장난이란다

어른은
사람들을
말言語로 툭툭 치며
장난이란다

사는 게 난장亂場이다

바람의 시간

늦게 와서

먼저 떠나는 것이 있다

그런 것은 슬픔의 얼굴을 띤다

바람은 이들을 말없이 거두어 간다

바람이 종일 부는 날

아파트 난간에 위태로이 걸린

슬픔의 얼굴을 보았다

발아래 저만치

나무가 사정없이 흔들릴 때

뿌리는 긴 이별을 예견했고

바람은 세차게 나무의 등을 밀었다

나무는 바람을 구속하지 않았다

바람이 더욱 세차게 나무를 후려치자

나무의 안도 흔들리기 시작했고

바람은 슬픈 기색도 없이 떠나가지만

바람이 후비고 떠난 자리엔

깊은 아픔이 옹이로 앉아 있다

꿈속에서도 이루지 못한 꿈

흠모하는 시인이 무엇인가를 한 아름 안고 저편에서 건너왔다 영원히 빛나고 있었다 그는 환한 빛을 등지고 온화한 미소를 지으며 거친 내 호흡을 지긋이 바라봤다 자박자박 걷는 발걸음에도, 눈길 하나 손짓 하나에도 무수한 아우라로 충만하다

느닷없는 방문에
심장이 커피포트 물처럼 들끓었다

다행히 심장을 데진 않았으나 머릿속은 죽은 자의 달아나는 혼만 움켜잡았을 뿐 허름한 내 영혼의 집엔 아무것도 들여놓질 못했다 달아나는 것을 잡고자 급하게 방 하나를 만들었지만 그 방에서는 간간이 희미한 울음만 새어 나왔다 울음이 사라진 후에도 빛을 밝히지 못했고 하필이면 순수가 내게로 와서 죽고 말았다

눈을 떠도 눈을 감아도
아무것도 낚질 못했다

아픔에도 종착역이 있다지요

마음이 아픈 이유는
마음 모서리를 다듬지 못함이고
안으로 들어온 느꺼운 한을
너무 오래 잡아 둔 탓입니다
이것이 잘못은 아닙니다
다만 아픔을 좀 더 오래 견뎌야 합니다

아픔을 겪어 본 사람은
아픔을 준 사람의 눈빛과 말을
발목 아래까지 새기며 살아갑니다

한 끼 밥으로 심신의 평화와
안정을 갈망하는 삶의 궤도를
무참히 무너뜨린 사람은
악의 계보를 이어갈 테지만
뭉친 먼지처럼 헛되이 구르는 것임을 알아요

세상은 이토록 적막한 것이라지만

이윽고,

그 적막을 뚫고

먼동 트는 소리 귀밑에 와 닿았네요

2부

시 들 지 않 은 추 억 속 으 로

아버지

눈을 맞으며
아버지는 삶의 길을 떠나셨다
기침감기가 오래간다며
처음으로 찾아간 병원에서
폐암 말기 판정을 받았다
긴 시간 통증과 힘겨운 싸움을 하시더니
폭풍을 자르고 반듯하게 몸을 펴셨다
나무처럼 단단했던 근육에 힘이 빠지고
수액을 뽑아낸 앙상한 손가락 사이사이로
온몸을 헤집고 다니던 통증과 함께
추억이 흘러내렸다
가늘게 흔들리던 실눈은 거친 호흡을 멈춰 세웠다
떠나고 떠나보내는 일이 서러워
이별의 말들을 한 움큼씩 목 안으로 밀어 넣었다
새어 나오지 못하는 말은 웅크린 몸 안에서
날을 세워 심장을 할퀴었고
통증의 시간을 멈춰 세우고
새로운 집으로 들어가는 아버지

너무 늦은 휴식을 맞으러 먼 길 떠나셨다

친정집

어느 해 겨울
아버지는
차가운 땅속을 열고 가셨다

그날처럼 추운 날 친정에 갔다
집안 곳곳 마당에도 거실 벽에도
아버지의 숨이 대롱대롱 매달려 있다

방바닥에 납작 엎드려 코를 박자
군불을 지피며 나지막이 읊조리던
아버지의 목소리가 귀를 간지럽히고
아랫목에선 아버지 냄새가
노릇하게 익어 가고 있었다

　뭐하나 변변하게 하는 것이 없던 내가 혼자 힘으로 고
등학교 졸업장을 들고 집에 갔던 날, "우리 남이가 최고제.
암, 그렇고 말고." 힘들고 지칠 때마다 불끈 힘을 주는 내
생의 최고의 찬사도 여전히 방바닥을 맴돌고 있다

오랜만에

아버지가 달궈 놓은 따스한 아랫목에서

가마솥에서 빡빡 긁어낸

누룽지를 둥글게 말아 쥐고 뒹굴던

어릴 적 추억을 베고 누워

까무룩 잠이 들었다

소나무를 읽다

소나무는 바람과 태양을 키웠다

이슬과 벌레들의 보금자리

늘 푸른 손으로 길을 연다

길이 끊어진 곳에서

삶의 한 통로를 닫은 채

하얀 페인트처럼 말라붙은 송진 액이

세상을 향해 두꺼운 방패가 되었다

몸에서 뻗어 나간 또 다른 근육들을 지키기 위해

기꺼이 팔 하나를 도려내고

변함없이 꼿꼿한 기상으로 묵직하게 서 있다

소나무의 내력을 살피다가 보았다

꺼칠한 수피는 온몸으로 번져

보드라운 속살을 지키고 있었다

거기, 한쪽 폐를 도려내고도

담담히 가족을 지킨 아버지가 계셨다

오래된 기억

검정 고무신이 어두운 겨울밤
할아버지의 방문이 반쯤 열리고
"아가, 고구마 먹으러 온나."
가릉거리며 울리는 할아버지 목소리
곰방대가 톡톡톡 잿가루를 쏟아내면
사그라드는 고구마의 내뱉는 숨이
치익, 멜로디로 익어 간다
익숙한 할아버지의 손을 따라
어두운 호롱불 아래 검은 고구마를
직선으로 관통하는 젓가락
어느새 내 손으로 옮겨지고
볼록 내민 아기 배를 닮은 고구마
불어대는 입김에 마지막 숨이 달아난다
언제부터였을까
방문을 반쯤 열어놓고 잠이 들면
달큰한 고구마 향이 문틈으로 들어와
그리움을 물들이고 있다

오래된 기억 · 2

할아버지는
동그랗고 노란 뿔테안경 너머
책 안의 세상을 알고 싶어 하셨다
겨울이거나 비가 내리는 날은
그 시간이 길어지는 날이다
나는 할아버지 곁을 지키며
재미없어 보이는 그 세계를
자주 엿보곤 했는데
누렇게 바랜 책 안의 세계는
늘 세로로 길게 구불구불 흘러내리며
자신의 세상을 조금씩 열어 주었다
깜빡 잠이 들었다 깨어나면
나직나직 읊조리는 할아버지는
눈과 손과 입, 온몸으로 책을 읽으셨다
비스듬히 45도 각으로 휘어진 등뼈는
내가 신기한 듯 눈알을 굴리는 것도 모르셨다
그때는 책보다 할아버지 등이
눈에 먼저 들어왔는데

언제나 할아버지 생각에 살며시 눈을 감으면

아직도 가만가만 책을 읽고 계신

할아버지의 낮은 목소리가 들려오고

고요히 책장을 넘기는 소리가 들린다

소리

초록의 싱그러움이 일어선다
매미소리 나뭇가지를 흔들고
땀방울 맺힌 이마에
햇살이 쏟아져
두 눈을 꼭 감는다

허리 굽은 콩밭 긴 이랑

호미질 부산하다
"할-아-버-지"
커지는 메아리에
달그락거리는 노란 주전자 출렁인다

현기증 일렁이는 불타는 콩밭
달려오는 손녀
손짓하며 반기신다
미숫가루 한 사발 가득 채워
"더운데 어여 마셔" 건네시며

환한 미소 지으신다

아버진 콩을 좋아하셨고
나도 콩이 좋다
열매 품어 다 내어 주듯
그 해 여름
그 자리에
늘 서 계시는 할아버지의 목소리
여전히 나를 키우신다

황초굴[*]

흩어졌던 시간이
한 줌의 기억으로 모여들어
흐릿한 영사기가 돌고 있다
어릴 적 집 뒤 붉은 황토로 지어진
이 층 높이의 황초굴
아버지의 보드라운 자식과
나날이 건조해져 가는
또 다른 자식들이 숨죽이는 곳

숨바꼭질 놀이가 시작되면
동무들과 어둠이 깊은 곳으로 들어가
어둠을 더듬으며 납신^{**}하다 보면
잠자던 온몸의 촉수가 되살아나
어둠의 공포와 파슬파슬한 잎들이
거꾸로 매달린 채 속삭이는
은밀한 밀어를 엿듣는다

---

* 잎담배 건조장
** 순우리말로 몸을 가볍고 빠르게 수그리는 모양

햇빛이라곤 찾아볼 수 없는 곳에서
그래도 승자의 희망은 살아 있어
미간을 찌푸리게 하던 냄새와
텁텁한 근질거림이 밀려와도
그곳에 오래도록 머물고 싶었던
어릴 적 추억의 부싯돌

가오리 장지갑

태국 여행을 다녀오신 시어머니
까만 장지갑을 건네시며
"에미야,
가오리는 한번 물면
절대 놓지 않는 성질이 있다더라!"
지갑을 열 때마다
돈을 꽉 붙잡고 살라는 어머님 말씀이
지갑 속에 두둑하게 들어 있다

여행을 언제 다녀오셨는지
기억은 가물가물해도
가방 안에 얌전히 누워 있는
장지갑을 볼 때마다
시어머니 기도문 같은 그 말씀
아직도 생생하다

안부를 묻는 방법

딩동!
시어머니로부터 문자가 왔다
활짝 핀 분홍색 철쭉이
한쪽 귀퉁이에 간신히 걸쳐있다

작년에 교통사고가 크게 나 지금껏 물리치료를 받고 계신 시어머니, 시댁은 동네에서 홀로 떨어진 외딴집이다 일흔넷의 어머님은 동네에선 아직 젊은이다 아버님은 늘 동분서주하시고 말동무라곤 늙은 백구뿐인 자그마한 동네, 평생 농사밖에 모르셨던 손으로 익숙하지 않은 스마트폰을 들고 홀로 꽃을 찾아 사진을 찍었을 모습이 그려졌다

"어머님, 사진 잘 도착했어요."
"그래 그럼 됐다."

그래 그럼 됐다는 어머님 말씀은 마침표가 아니라 시작이었다 어머님 속에 내재된 말 많은 어린아이가 불쑥 전화기를 타고 넘어와 귀여운 수다가 이어졌다 혼자 심심하여

사진을 찍었으며 사진 보내는 연습을 하는 중인데 다른 사
람한테 보내다가 실수할까 봐 며느리한테 먼저 보낸 거라
는 말씀을 덧붙이셨다 이어 저녁은 먹었느냐? 애비는 들어
왔냐? 아이들은 잘 지내냐? 한참 동안 당신의 궁금증을 해
한 후에야 쉼표에 머무르셨다

난 한참을 느낌표 안에서 미소 지었다

세貰를 놓다

한때는 빛으로 환한 방이

어느새 푸른 이끼가 끼면서

집안 한 귀퉁이가 무너졌어요

그늘이 생기고 거미줄이 늘어났죠

거미줄을 걷어 내려다

그만 발을 헛디뎌

깜깜한 블랙홀로 빠져들었죠

깊은 어둠에서

영영 헤어나지 못할까 두려워

수리를 하기로 했죠

허물어진 집을 수리하는 일은

은하수 곳곳에 구멍 난 곳을 고치고

떨어진 별을 찾아 제자리에 두는 일이었어요

이제 수리하여 세를 놓을까 해요

관상가 같은 주인이 되기로 했어요

그래야 방주인을 잘 찾을 수 있거든요

세를 놓는다는 건

문을 여는 일이었어요

진작 문을 열 수 있었는데

왜 문이 열리기만 기다렸나 몰라요

묵은 방의 잠금장치를 풀고

세를 놓기로 했어요

옵션도 있어요

햇살 찰랑거리는 밝은 빛은 공짜예요

주의!

방이 가끔 흔들릴 수도 있어요

경고!

몹시 외로운 날엔 지붕이 내려앉을 수도 있어요

고흐, 별이 빛나는 밤

고흐의 별이 꿈틀하며 깨어났다
노란 음표들이 하늘 가득 뿌려지고
오랜 세월 제 자리를 지켜온
교회의 뾰족탑과 삼나무도
밝은 빛을 조율하고 있다
침묵하던 우주는 활기를 되찾고
별은 더욱 반짝이며 꼬리를 그린다
밤이 저만큼 가까이로 내려오자
고흐의 별이 싱긋 윙크를 한다

별빛은 어둠을 재웠다 깨우면서
노래를 다시 듣기 하는 사이
오래된 삼나무에는 싱싱한 잎이 돋고
지느러미 같은 삼나무 잎은
느리게 왈츠를 추기 시작했다

하늘엔 LP판이 트레트레 돌며
꼬리를 말아 소용돌이로 변하면서

음들을 꽉꽉 쪼여가며 현을 튕긴다

밤하늘엔 오래도록

고흐의 별이 옛 노래를 연주하고 있다

추억

어릴 적 살던 집 뼈대가 허물고
이끼가 시간의 더께로 내려앉는다
따스한 밥이 끓던 부엌을 지나면
엄마의 종종걸음이 따라온다
마당 귀퉁이 덩그러니 남아 있는 우물에
지나버린 시간이 머물고 있다
반짝, 빛 하나가 빠르게 날아올랐다
책상에서 소설을 읽던
옛날의 내가 말을 걸어온다
고여 있던 추억이 우물 가득 넘쳐나고
우물에는 미소가 아른거린다
마당을 넘어 동구 밖을 뛰놀던 추억
맑은 하늘 가득 시간의 주름이 그려지고
고요히 나부끼던 그리움이
코끝에 와 닿으며 글썽거린다
뼈대 앙상한 집 등뼈 위에
따사로운 햇살이 새살로 내리더니
조금씩 조금씩

힘을 내어 일어서는 추억

묘목농원을 지날 때마다

이른 봄 땡볕 아래
그늘이 넓은 둥근 모자와 둥그런 엉덩이가
고랑을 짓기며 줄지어 흙을 뒤엎는다
짱짱한 햇살을 온몸으로 받으며
어쩜 저리 정갈하게 줄을 서는가 궁금했는데
어미닭이 품은 알을
똑똑 떨어뜨리고 지나간 자리
어린 묘목들이 일정하게 내려앉아
머리를 삐죽 내밀자
호미의 날렵함이
어린 것들을 가만가만 다독이고 있다

또 어느 날인가 지나다 보니
묘목보다 평수가 넓은 비닐이
고랑 가득 반짝이고 있어
왜 저리 빛을 모으나 궁금했는데
유월 어느 날 밭이랑 가득
푸른 잎들이 넘실거렸다

언제 저렇게 넓게 번져 갔을까

뜨거운 태양 아래서

온몸으로 뽑아 올린 생명의 힘이

폭염을 뚫고 어느새 푸른 강을 이뤘다

소나무 옹이

딸아이와 함께 산을 오른다
여러 번 갔던 산길에서
앞서가던 딸이 걸음을 멈추더니
"엄마 이 나무는 왜 이래?"
딸아이의 손가락이 가리키는 곳에
커다란 소나무 옹이가 있었다
"응, 나무의 상처야"
길 지나는 사람을 위해
나무의 팔을 내어 주고 그 자리에
솟아난 옹이는
상처 위로 진액을 덮어 가며
저렇게 곧게 서 있었던 것이다
투영되는 나무 안의 그림자를 보며
나는 자꾸 목이 멘다
괜스레 내 팔을 만진다
잘려 나간 팔이 무수히 많아서
마음에 생긴 옹이로 울퉁불퉁하다
나도 모르게 오르막을 오르며

둥글게 말렸던 중심을
반듯하게 펴고 걷는다

고목이 자라는 한의원

한의원엔 고목이 하나둘
숫자를 늘리고 있다
무수한 잎들이 졸고 있는
커튼과 커튼 사이
신음이 왁자하다

나무는 오래전부터 아팠다
휘어진 줄기와 옹이는
거뭇하게 퇴색했고
나이테가 늘어날수록
몸통의 울음은 커졌다

침대 위에는 시든 수피로 가득하다
앙상한 고목에 촘촘히 침들이 박히고
붉은 혈을 게워낸 혈관에
급하게 초록 피를 수혈 중이다
초록 잎은 다시 돋아날 것이므로

연화동* 어느 부자의 연대기

오래전에 신선이 병풍산을 겹겹이

연꽃 모양으로 꾸며 놓고

마을 중앙에 실개천을 만들어 놓은 곳

그리하여 연화동천蓮花洞天을 이루었으니

만석 부자 황금 곳간 시절이 있었지

시절이 가고 달도 기울어

양지바른 곳을 찾아서

푼더분한 봉분 속에 명패 달고 누웠으나

지금은 번지수도 없는 뒷산 어디쯤

부도 명성도 빛바랜 채

허리 꺾인 비석 하나

산허리 베고 누워 요지부동

다시 찾을 번영의 목마름

수 세기를 돌고 돌아

속살거리는 바람 타고 전해지는 전설

잘 익은 그리움이 산허리를 넘어가네

---

* 경상북도 영주시 단산면 좌석리에 있는 지명

가뭄을 캐다

밭이랑 가득 실금이 서린
어머니의 손에 한숨이 매달렸다
달팽이처럼 메마른 등은 휜 채
감자밭 고랑을 뭉갠다

사그락사그락 호미 소리가 잦아지자
흙덩이가 분가루처럼 이리저리 날린다

웃자란 잡초가 묵언 수행 중인 감자밭
게으른 여름 바람은 두리번거리더니
밭두렁 뽕잎 가지에 걸터앉자 늘어지게 낮잠이다

그칠 줄 모르는 땀방울이
목덜미를 타고 비를 뿌리는 정오
태양의 보굿이 잘게 부서지며
누렇게 주저앉은 감자 잎 위로 쏟아진다

그림자를 등에 업은 여든 살의 어머니와

호미의 근심 어린 대화를 엿들은 감자가

아기 주먹만 한 대답을 내놓으며 뒤를 따르고 있다

어떤 기도문

　추위가 거리를 덮쳐왔다 호들갑스러운 마음을 바닥에 흘리
며 동동걸음으로 걷다가 횡단보도 맞은편에 시선이 멈췄다

　건너편 할머니의 굽은 등 안쪽을 거친 바람이 제멋대로
숨을 불어 넣고 있었다 한 손엔 두툼하고 커다란 보따리 하
나 달려 있고 다른 한 손엔 배가 불룩한 검정 비닐과 지팡
이가 허공을 차고 있다 할머니의 허리 중심이 엉거주춤 바
닥과 가까웠는데 추위는 맵차게 할머니를 후려쳤다 택시를
잡느라 분주히 굽은 허리를 펴고 있었지만 도로 위는 더욱
세찬 칼바람만 휩쓸고 갈 뿐이었다 찰나의 순간, 머지않은
미래의 시간이 내게로 흘러왔다 시간을 가로질러 나를 정
중히 마중하기로 했다 차를 달려 할머니 집 앞에 다다르자
갓 지은 고봉밥을 건네듯 따스한 미소 가득 퍼 담은 할머니
의 한마디

“에구 고마워서 어쩌나.”
“복받으소, 복받으소”

돌봄

싱싱하고 꼿꼿하던 엄마의 무릎이 세월에 꺾여 버렸다
몸속에 오래 담겨 있던 시간의 더께는 야금야금 소리 없
이 빠져나가고, 세월이 켜켜이 쌓인 사이사이가 닳아서 꺾
인 채 굳어 버린 엄마의 시간을 바라보다가 비워지는 것들
에 대해 생각했다 그즈음 나는 허기를 발견했다 엄마의 기
억이 허물어지면서 마음은 한없이 헐렁해진 듯했다 음식
이 엄마의 마음을 달래진 못하는 모양이다 얼마 전에 어미
닭이 품어서 태어난 병아리 다섯 마리가 엄마와 가족이 됐
다 입맛을 잃어 밥을 잘 못 드셔도, 기운이 없어 잘 걷지를
못해도 닭들의 먹이만큼은 거르질 않으셨다 신기하게도 갓
태어난 어린 생명은 엄마의 허전한 시간을 따뜻하게 데워
주었다 당신의 기억을 자꾸만 비워 내면서도 병아리를 향
한 애틋한 사랑은 넘치도록 채우고 계셨다 "아이구 조것들
보래, 을매나 이쁜지 몰따." 자식들의 돌봄보다도 그 어린
것들이 엄마를 미소 짓게 했다 솜털 파릇한 생명들에게 모
이를 주기 위해서 몇 번이고 허리를 숙이는 엄마를 보면서,
내 안에 폭풍이 또 한 번 휩쓸고 갔다 그럴 때마다 위장 가
득 음식을 욱여넣고도 채워지지 않는 진한 허기를 느낀다

아침을 맞으며

두툼하고 묵직한 어둠을 밀치고
어스름한 경계를 허물며 새벽은 온다

먼 곳에 있는 그가
여명의 빛으로 오는 시간
뒷짐 진 새벽이 눈을 뜬다
어둠을 서서히 허무는
새벽의 고요가 잠잠히 아침을 맞는다

깨어난 시간이 밀어낸 새벽 어귀에서
흐릿한 기억을 또렷하게 씻어 내는 시간
높은 아파트가 말간 얼굴을 드러내자
어둠 속으로 다시 걸어가는
죽음을 배웅하는 아침
어둠에서 풀려난 잠은
깃털처럼 가벼운 아침을 맞는다

무섬 외나무다리

외나무다리를 건너다 보면
외길을 걸으면서도
외롭지 않은 삶을 만난다

끊어질 듯해도
이어지는 길을 믿는 사람과
같은 길을 걸으면서도
높이가 서로 다르지만
오히려 낮은 모습으로
물을 건너는 사람을 만난다

구불구불 휘어져
가두지 않고
소유하지 않고
말없이 등을 내주는 외나무다리
흘러가는 만큼 채워지는
넉넉한 순종을 만난다

행복한 고물상

외진 골목 고물상을 향해
골목을 도는 할머니가 시간을 굴리고 있다
우리들의 시간보다 더 느리게
리어카에 상자를 가득 싣고
하늘을 향하는 순례자처럼 고물상을 향한다
할머니에게 고물상은 하늘이며
양식을 마련하는 것이기에
느릿느릿 시간을 쌓아 올리는
손길이 분주하면서 고요하다
오늘도 우리들은 뒤를 돌아보지 않고
달리는 차보다 빠른 생각으로
할머니 곁을 지나친다
터덜터덜 허름한 바퀴를 따라
할머니의 낡은 신발이 가고
삐죽 튀어나온 상자는
흘러내린 백발의 머리칼이 되어
한 몸처럼 고물상을 향한다
할머니 굽은 등 뒤로

저녁노을이 길게 따라가고 있다

3부

손끝으로 그리는 세상

우울한 봄

동네 끝자락 쓰러져 가는 집이
혼곤한 세월을 붙잡고 서 있다
상처로 아픈 기억들이
주름으로 깊이 팬 자국으로
지워지지 않는 벽지의 얼룩처럼
집 안 구석구석 묻어 있다
마른기침이 잦은 집주인은
기울어진 대문을 닫아 버리고
집 안은 가장 작은 섬이 되어
세상에서 밀려나고 있었다
담장 밖엔 개나리가 흐드러지게
폭포수를 이루고 있는데
집 안엔 그늘이 쓸쓸하여 깊다

길상사에서

길상사에서 만나자는 말에

왜냐 묻지도 않고 그러자는 친구와

오래전부터 미뤄 왔던

영혼의 갈증을 구하러 간 곳

임인년 호랑이가 발톱을 세우고

칼바람에도 염원은 꺾이지 않았다.

옷매무새를 고치며 길상화 공덕비 앞에서

풍경으로 비낀 지고지순의 내력을 읽다가

코끝이 시큰하다

발길을 돌려 산사를 오르는 동안

나도 모르게 걸음이 느려지고

누더기 자화상과 마주했다

색시걸음에 따라온 에움길 삶

내 안의 또 다른 내가 깨어나

꽉 움켜잡고 살았던 주먹을 가만히 풀었다

우리는 각자의 세계를 유영하며

법정스님 진영각에 머릴 조아렸다

큰 스님 생전에 쓰시던

적멸의 참나무 의자 위에

근심 화두 하나 슬쩍 내려놓으며

마루에 걸터앉아 주위를 더듬는데

마당을 서성이던 호랑이 바람

마음속 묵은 때를 쓸고 간다

사세요, 부디 나를 사 주세요

"달아요."

"아주 달아요."

할아버지의 끊임없는 외침을

온몸으로 받고 있는 귤이

바구니마다 둥글게 몸을 누이며

속이 꽉 차게 살을 찌웠다

차가운 바람이 휩쓸고 지나는 골목

걸음보다 빠른 말이 통통 굴러다닌다

초슬목 골목 안 깊숙이 울리는

고단한 목소리

"귤이 달아요."

"아주 달아요."가 별안간

"사세요. 부디 나를 사 주세요."로 들린다

달아요 외치는 숫자만큼

할아버지의 삶도 달달했으면

부석사 조사당 선비화

오래전 세상을 훤하게 꿰뚫던
갈공 막대 하나 있어
팔작지붕 아래 고요히
귀를 닫고 발을 묻어 칩거에 들었는데
굽은 허리에 푸른 혈관이 돌고
발이 돋고 귀가 돋아
수만 번 번뇌를 끊고 끊었더니
천삼백 개의 깨달음이
뿌리로 흘러들어 발을 적신다
산사 청량한 목탁소리에
귀가 밝아지고 눈이 맑아져
누가 있어 예까지
버선발로 달려왔나
선비화
선비화
아픔 속에서 밀어 올린 빛
이토록 환한 해탈의 꽃 피우다니

그날

배

제주

수학여행

바다에 잠겼다

슬픔으로 얼룩진 항구

속을 알 수 없는 진도바다

떠들고 장난치던 아이들 미소

통째로 바닷속으로 사라져 버렸다

어디에서도 볼 수 없는 안타까운 절망

아우성과 탄식이 깊어 시간을 멈춰 세웠다

차가운 바다를 떠도는 주인을 잃어버린 물건들

발을 떠나 버린 끈 풀린 아이의 운동화 가슴에 안고

그들을 품고 기르던 하늘도 땅도 눈물 글썽이던 바닷가

무서워 말고 편히 쉬라고

미소를

잃어

버린

그날

을

기

억

하

는

가슴에서 지워지지 않을 나무 한 그루 심었다

월든 호숫가에 가면

딱 하루
꿈의 장소로 갈 수 있다면
한 치의 망설임도 없이
헨리 데이비드 소로의
오두막으로 향할 것이다
손수 만들었다는 세 개의 의자 중
하나의 의자에 기대어 앉아서
이 년 소로의 낭만을
되새김하며 월든 호숫가에
귀 적시고 싶다
그가 보았다는 토끼며
아직 한 번도 본 적이 없는
우드척을 만난다든가
저녁 7시 반이면 오두막 들보에 앉아
반 시간씩 속삭였다는
쏙독새 기도 소리도 듣고 싶다
부디 그럴 수 있다면
덧칠된 문명의 흔적을

아주 조금은 게워 낼 수 있지 않을까

월든 호숫가, 그곳에 가면

움커쥔 손을 반듯하게 펼 수 있으리라

영원은 없다

언젠가 믿음이 수몰된 후
세상은 텅 비었다
그것만은 변치 않을 거라고
자신만만했던 것들에 죄가 더하고
어둠이 짙게 깔렸다
간밤의 꿈은 더없이 춥기만 했고
빗속을 맨발로 걸으며
집으로 돌아왔다
물끄러미 창문을 바라보다가
흘러내리는 빗줄기가 돌연
날개를 달고 날아가는 것을 보았다
세상의 슬픈 것은
아래로 떨어지는 것들이 많아서
날아가는 것들이 희망인지
슬픔이었는지는 모른다
다만 겨울이 밀려오고
나는 창가를 지키고 서서
짧은 겨울 햇살에 몸을 말리고 있다

향기를 읽다

시집을 읽는데 난데없이
글자들이 화르르 은빛으로 솟구친다
해야 할 말이 떠오르지 않고
다만 향기에 취해서
감미로운 전율에 눈을 감는다
시인의 마음을 파고드는 일은
설레기도 하여 먹먹하기도 하다가
때론 씁쓸하기도 하다
가끔은 썩은 냄새도 맡으면서
날것의 정념에 오래도록 취하고 싶다

쓰라린 외침을 외로이 삼키며

입을 앙다문 소년이 홀로 걷는다 이마에는 땀방울이 맺혔다 기를 쓰고 걸어도 또래보다 늘 뒤처지는 걸음이다 철 없는 친구들은 소년을 놀리느라 깔깔 숨이 넘어간다 소년은 지그시 혀를 빼물고 친구들의 놀림을 온몸으로 받으며 묵묵히 걷는다 무언가 힘을 들이거나 어려운 일을 시작하려 할 때 소년의 혀는 어김없이 이와 이 사이에 걸려 있다 들어가지도 나가지도 못한 채 어정쩡하게 혀가 불쑥 나와 있다 드러내지 못한 아픔을 여전히 이로 지근지근 씹으며 설움을 한 됫박 씹어 삼키고 있는 것인가? 아니면 강단 있게 살아남으려는 몸부림이었을까? 아니다, 심한 놀림을 침묵으로 대신했던 기억의 화석이다 몸의 가장 따스하고 부드러운 외침을 홀로 삼킨 혀, 스스로를 지키는 신념이자 단단하게 살아남기 위한 제살이 몸짓이다

이웃사촌 맹수 아저씨

그의 이름은 맹수다 어른이나 아이들 모두 그렇게 불렀
다 그는 뜀박질을 잘한다 걷는 법이 없이 늘 종종걸음이거
나 뛰어다녔다 만나는 사람마다 "나 맹수예요." 인사를 했
다 그럴 때마다 하늘에서 기웃거리던 구름이 한달음에 달
려와 그의 얼굴에 앉곤 했다 그가 온 동네를 뛰어다니며 신
나게 박수를 치자 조용하던 마을에 온통 무지개가 떠다니
곤 했다 언제나 해맑은 얼굴의 그를 만나면 사람들은 누구
나 할 것 없이 맹수야! 맹수야! 하고 불렀지만 그는 단 한
번도 맹수(猛獸)인 적은 없었다 가끔씩 세상이 그를 단단
하게 할퀴었다 그의 시간은 늘 서너 살에 머물고 있었다 순
한 그는 엄마의 말을 한 번도 어기지 않았는데, 허리가 굽
은 엄마를 위해 푸른 무청 가득한 지게를 질 때도, 아궁이
에 불꽃이 잘 일지 않아 연기로 눈물 범벅이 되어도 철없이
마냥 웃기만 했다 그런 그가 엄마를 떠나보내는 날은 웃지
도 뛰지도 않았고, 며칠 동안 눈 아래 얼룩이 번졌다고 한
다 어느 날은 엄마 드시라고 밥을 했는데 큰 솥단지에 가득
한 밥은 온 동네 사람이 먹고도 남을 만큼 넘쳤는데, 울 엄
마 드실 밥 해 놨다고 온 동네에 외치고 다녔다 하늘나라

간 엄마 배곯을까 그랬는지는 알 수 없으나 그 후에도 말간 얼굴의 맹수 아저씨는 온 동네를 신명나게 뛰어다녔다 변함없이 박수를 치며 느리게 동네를 거니는 그를, 이제는 세월의 맹수가 하얗게 이를 드러내고 있다

증명사진의 내력

"자, 살짝 웃으세요." 한사코 미소를 강요당한다 요구에 순하게 따르지만 귀퉁이마다 목 잘리고 팔 잘려 나간 아픔이 고여 있다 다만 금형의 미소만이 포장된 채 현상될 뿐이다 삶이란 가만히 미소 지어야 둥글게 살아지는 세상이라는 사실을 은폐하기라도 하듯, 박제된 영혼을 증명이기라도 하듯, 서늘한 각진 모서리 정교하기만 하다 입가의 경직은 현실, 미소는 미래의 시간을 앞당겨 온 것이라도 되는 양, 세상을 향해 출사표를 던져 보지만, 세상은 판에 박힌 거대한 흑백 사진관이다 네모난 근심이 둥글게 변하고 어둠이 짙은 암각의 마음이 마침내 날개를 달고 날아오르면 자유의 세상 만날 수 있을까?

자동차에 빗대어

아주 느리고 낡은 고물 자동차가
쿨럭쿨럭 기침을 하는 아침이다
정차 중인 채 지나온 길을 돌아보니
급하게 달려오느라
주변을 살피지 못했는가 하면
아주 느린 구간에서는
뒤처져서 추월을 당하며 살았다
가끔 브레이크를 밟아야 할 때
가속 페달을 밟아서 몸을 가누지 못해
더러 스피드 마크도 찍혀 있다
제때 점검하지 못해서
고비를 맞은 적은 얼마나 많았던가
여유 있게 사이드미러도 보면서
앞만 보지 말고 주변을 살폈더라면
굳이 부딪치지 않아도 될
순간의 후회가 또렷한 아침이다

꽃에도 그늘 든다

부석사 안양루 계단 아래

십일 월 얇은 볕에

몇 송이 진달래 실눈을 뜬다

홀로 꽃피운, 때 이른 꿈

마음 비우고 몸 깨우는 목탁소리에

몸이 먼저 잰걸음을 했는지

찬 서리 바짝 다가앉은 시절

어쩌려고 저토록 환하게 불을 당겼나

펴도 꽃

져도 꽃

진달래야 진달래야

아슴한 길눈 따라온 꿈이

수묵 빛 하늘 짧은 해 시린 바람에

파르르 몸을 떠니

꽃잎에 그늘이 든다

말 말 말

무릇 사람이라면
말을 하거나 말을 듣거나
말을 읽거나 말을 글로 쓴다

몸으로 하는 말과 눈으로 하는 말
입으로 하는 말속에는 어쩔 수 없이
그 사람이 담긴다

말속에는 말하는 사람의
모든 것이 담겨 있어
마음도 훤히 비친다

의심이 많은 사람은 감추는 게 많고
뒷말하는 사람은 제 흉 많음을 모르는 것이고
언어가 거친 사람은 마음의 상처가 많다

그러니,
말 말 말

말이 넘치면 가치가 없는 것이거나
부메랑으로 자신을 향한다

그러므로 말이란
세상을 밝히고
캄캄한 곳을 밝히는
말들만 골라 해야 할 일이다

공허한 말의 빌딩은 언젠가 무너질 것이므로

붉은 말

연하고 붉은 혀가
세상의 강을 헤엄친다
잔잔함과 고요함을 삼키면서
난폭한 파도를 일으켰다
거품이 흥건한 혀
선하고 여린 것의 경계를 넘어
붉은 토혈이 낭자하다
산 것과 죽은 것들이
무수히 들락거리며
그네를 타다가
저울질하다가
궤도를 벗어난 말
기어이
입에도 귀에도 치명적인
붉은 낙인烙印 하나 찍는다
끝내 휘발되지 못한 채
제 살을 파고든다

마음이 허해서

세상은 돌고 돌아
덩달아 날뛰는 망나니
하도 가당찮은 일이 많은 세상이라
자꾸만 헛구역질만 반복한다
고달픈 사람은 새 둥지 같은 집에 들어
푸석한 얼굴 비비며 잠에 떨어지고

탁란을 즐기는 뻐꾸기 무리
남의 공적 가로채기 다반사에
맑은 목숨 잘라내고 어깨춤에
기름진 나팔만 왁자한데

세상일은 마음대로 되지 않아
가난한 집의 가장은 아무것도 아니라서
아침부터 저녁까지 죽어라 일해도
고공 행진 인플레
속 뒤집는 디플레
더는 쉰 소리 못하는 세상이나 되고

긴 외면

하필이면 중학교 교복이
둘째 언니 고등학교 교복과 같았다
디자인은 같아도 색이 다른 교복
매일 학교 가는 것보다
교복이 너무 싫었다
언니가 입던 것을 물려받은 날부터
백조 무리 속 한 마리 미운 오리가 됐다
친구들과 동색이 되지 못한 게 서러워
여러 날 훌쩍거렸다
가난을 알아채고
싫다는 말 못 하고 건네받은 푸른 시절의 멍에
키가 커서 오빠 추리닝 물려 입는 것도 모자라
헐렁한 스커트를 둘둘 말아 올린
교복 속에 숨기지 못한 가난이 들통날까
그게 또 그렇게 서러웠다
하얀 교복 깃과 에이라인 교복 치마가
한사코 싫었던 나는
아주 오래전부터 스커트를 외면했다

우렁쉥이 얼굴

울퉁불퉁 붉은 우렁쉥이 닮은 얼굴, 사람들은 팔과 다리와 눈과 귀 싱싱한 잎들은 보지 않고 한 곳만 노골적으로 보는 치밀한 눈과 고도로 발달된 혀를 가지고 있다

얼굴이 왜 그래?

오래전에 밤낮없이 뜨거웠던 폭염 같은 사랑을 지났으니, 이제는 덤덤하게 찬 서리도 받아들일 때도 되었다고 중얼중얼, 삶은 예고 없이 날아드는 마른하늘에 날벼락 맞을 일이 많은 것인지도 모를 일, '이게 인생이지'를 읊조리며 거침없는 말의 싹수들을 애써 무시하려고 한들, 너울파도처럼 몰려오는 거친 말들은 몸도 없는 것이 몸을 파괴하는 괴력을 지녔다 발화를 거친 말들은 몸을 지워야 과녁을 잃고 살아질 것이라 항변해 본다 바야흐로 몸에는 더 이상 단단한 근육이라곤 어디에도 없는 시절이 도래했다 나이가 들어간다는 건 더 약해지고 더 헐거워지는 것임을 어떻게든 알아지는 때

뒤돌아보지 않아도 등 뒤 사람의 표정을 읽기 시작하는 길목에서 젊은 날의 뽀오얀 얼굴과 갱년기로 붉어진 얼굴을 만났다 둘은 운명처럼 어느 추운 협곡을 달리기 시작했고 이름 없는 강의 행성에 이르렀다

아늑한 강의 밑바닥에는 수많은 말의 무덤이 가라앉아 있었는데, 무덤 위로 싱싱하고 활기찬 우렁쉥이가 소라를 올라타고 연주를 하기도 하고, 바다로 내려온 꼬리별을 쫓아다니며 노래를 부르기도 했다 슬픔으로 물들이는 뾰족한 말들은 더 이상 힘을 발휘하지 못하는 그곳에서는 얼굴을 펴고 환환 웃음으로 읽히는 곳에서

생기 잃은 시든 말의 조각들이 포말을 그리며 사라진다.

겨울 독서

눈이 내린다.

길을 걷자 겨울 풍경이 가슴으로 걸어 들어왔다 스쳐가는 풍경들이 촉촉하기도 하고 상쾌하기도 했다 앞서간 발자국이 드러난 길에서 익숙한 냄새가 풍겨 왔다 무수히 떠다니던 우주의 언어들이 가지런히 박혀 있는 길 어디쯤에서 가슴에 통증이 느껴졌다 눈보라 때문은 아니었다 계속 걷고 걸어도 길의 방향은 알 수 없었고 방황은 더 길고 깊었다 내리는 눈은 더 거침없었고 나는 더 깊은 폭설의 심장 안으로 걸어 들어갔다 오직 침묵 속에서 이루어지는 일이다 갑자기 나타난 신기루를 쫓기도 하고 마주 앉은 사람과 이별하거나 사람 아닌 것들과 만나지는 것이다 아무에게도 방해받고 싶지 않은 무언의 징후이거나 온전한 구속의 시간 속을 거니는 일이다 톨스토이나 무수한 영웅을 만나서 칸트의 '행복론'을 논하기도 하고 추위 속에서 굶주린 배를 움켜잡고 높은 산맥을 걷기도 했다 이따금 빼곡한 수목림 문장에 서성이다가 글자들의 싱싱한 잎맥 속으로 들어가 누웠다 아무 거리낌 없이 스킨십 없는 진한 사랑을 했다 그러자 무성하게 자란 줄기가 은밀한 문장으로 해체되어 밀봉되었

던 영웅들이 내 몸에 푸른 무늬를 새기며 싹을 틔운다

격발의 순간

소용돌이를 잡아야 한다
마음의 심지가 흔들리면
견고하게 쌓은 벽은 무너진다

고된 훈련의 훈장으로
팔 한쪽이 길어지거나
굵어지는 시간을 지나
눈빛으로 정 조준한 과녁

사대와 정면한 표적지
꿈틀거리며 똬리를 트는 혼란을 틈타
흑점으로 고정시킨 채
온몸으로 영점을 사수한다
움직이던 선들이 숨을 죽이는 순간
호흡을 멈추고 시간을 정지시킨다
탕!
방아쇠를 잡은 손 위로
수많은 눈알들이 미끄러지며 부딪친다

사격선수의 고뇌

묵직한 쇳덩이를 허공에 정지시키는 것
총열을 지나 총구를 벗어나는 탄피를
기필코 표적 안에 넣고야 말겠다는 신념
가담가담
통제되지 않는 호흡을
매 순간 오차 없이 불러들이는 수행

견고하게 당겨진 근육들은
미세한 떨림마저도 용납하지 않은 채
허공을 가르며 결별하는 탄피
확신의 궤도 안에서
빠르게 포물선을 그리며 찰나의 순간에도
허공 속에 쇠심줄 같은 길을 내는 일

완경完經[*]

시간을 가르는 시계추처럼 정확하고
붉었던 첫 경험의 종착역이다

세월의 두께가 쌓이자
잦아드는 몸의 이상 신호는
수면제 수십 알을 집어삼킨 나른함과
장거리 비행에 메스꺼운 장기들이
몸 밖으로 탈출하려는 울렁증 같은 것

툭툭 붉어져 나오는 강렬함으로
매번 탄생의 궤적을 다시 쓰곤 했던
더 이상 신비할 것도
은밀할 것도 없는 완전함이다

한 장씩 뗄구는 달력이 얇아지고
예정된 시간 여행이 막을 내렸다
일 끝난 광부가 막장을 홀가분하게 빠져나가듯
익숙한 몸을 벗어나며 문을 닫는다

---

* 완경完經: 폐경의 긍정적인 의미로 쓰인다.

4부

마음에
바람이
불어오면

허리띠

자존심을 세운다
내려가거나
올라가기도 불편한
끌어당길수록 옥죄는 거리

올라가는 자만심을 누르고
늘어지는 나태함을 잡아 주는

거추장스러운 장식 없이
입은 옷 편하게 모나지 않게
중심을 꽉 잡아 주는 그 힘

가늠할 수 없는 심란한 둘레
말끔히 갈무리해 주는
누구나 있지만
누구도 없는 나만의 중심

어느 샐러리맨의 술주정

그는 조용하고 말 없는 샌님이다
낮 동안 사무실 구석 자리
파티션 안에 순한 소의 눈망울로 갇혀
몸을 낮추고 고개를 들지도 않은 채
서류 속 세상과 씨름하다가
저녁이 되면 어김없이 술집을 찾는다
소주로 위장을 적시자
굶주린 단어가 되살아났다
굳게 닫혔던 입이 열리고
몇 개의 단어가 저 혼자 날뛰며
고성을 만들어 냈다
억눌린 삶의 무게를 기억하는
걸음은 거리를 방황했다
빠르게 스쳐가는 사람들
언저리에서 눈치 볼 틈도 없이
내장까지 뒤집어 흔들리는 낱말과
날것들을 토해내고야 말았다
끝내는 비틀거리는 삶이 통째로

길바닥에 꼬꾸라졌다

뒤틀린 맛

어둠 별이 들어선 실골목 포장마차
화르르 열기를 받으며 곱창이 지글거린다
둥그런 불판 위 뒤엉킨 날 선 이념들
설익은 문학과 인생이 어우러진다
무릇 말은 은유적이어야 한다며
한 번 두 번 더 꼬아줘야 제맛이라면서
더욱 거세게 불길을 당긴다
젓가락으로 휘휘 젓다가 뒤집다가
숨죽어 노릇하게 구워진
요염하게 뒤틀린 허기를 집어 들었다
이제 막 입안에 넣을 것이다

두렵고 낯선 길

2018년 2월 21일, 추모의 집으로 문상을 갔다 작은오빠는 장모님 보내는 아픈 마음과 누군지도 모를 옆 분향실 젊은이의 가는 길을 안타까워했다 그는 나의 중학교 동창생이었다 중학교를 졸업하고 처음으로 마주한 것이 영정사진이라니, 모자를 쓴 채 미소 짓고 있는 영정사진 앞에 상복을 입은 어린 아들의 장난기 가득한 얼굴은 죽음을 읽지 못했다 순간 알싸한 감정이 올라왔다 길 떠난 이들을 떠올리며 잠시 질끈 눈을 감았다가 떴다 눈을 뜬다는 것이 누군가에게는 이렇게 쉽기만 한데, 문상을 마치고 밖으로 나오자 움츠린 봄기운이 파르르 떨고 있었다 한 날 한 곳에서 두 사람의 먼 길 배웅을 마치고 돌아오는 길, 누군가의 가슴엔 선명한 화인火印 하나 남기고 갔을 이별, 이별은 하나같이 두렵고 낯설기만 하다

어떤 경매

지금까지 모아둔 전 재산을 탕진하려 합니다
아낌없이 탈탈 털어 경매에 부칩니다
위선으로 두꺼워 질대로 두꺼워진 페르소나
무게를 달아 판다면 아마 최고의 값이 나오겠죠
스스로를 볼 줄 몰라
뭔가를 가리고 덮으려 급급했고
흐린 날에도 선글라스를 선호하는
남들이 말하길 눈이 높다고 합니다
높은 곳에 있으니
가격 또한 만만찮을 거라고 합니다

키스를 하다가 한방에 훅 번져 오는
하수구 냄새에 토라졌던 입술은
깃털처럼 가벼워 덤으로 얹어 줍니다

주물을 덧칠하며 감싸 놓아
더욱 견고해진 심장은 빨간 등을 켰네요
경매가 끝나 갑니다

마음을 긁어오는 양심은 잠시 접어 두고

세 치의 혀는 제 역할에 충실합니다

오늘은 밑지는 장사랍니다

기억의 화석

소백산 자락길

삼가동 주차장으로 내려가는 조붓한 도로 위

오후 햇살이 급하게 넘어가고 있는 그때

저만치 앞에서 트럭이 온다

급하게 다가오는 트럭

차를 마주하고 온몸으로 기어가는 뱀

평행선에 놓인 두 존재

느린 속도와 가속도의 교차점을

지켜보는 아찔한 마음이 먼저 지나고

뒤를 이어 바퀴가 쏜살같이 지나갔다

찰나의 순간 구불텅 몸부림이

선명한 화석으로 각인되었다

어느새 길 위에 붉은 피가 물들었다

몸의 일부가 뭉겨진 뱀은

머리만 꼿꼿하게 치켜든 채

허공에 신음 몇 가닥 흘리고

이내 곤두박질쳤다

예기치 못한 생의 끝

어디 이뿐이랴

벽의 통증

어느 날 벽이 심하게 요동쳤다

몸을 파고드는 진통에 가까스로 눈을 드니

대못 하나 기를 쓰고 벽을 파고든다

핏물 뚝뚝 떨어지는 자리가 선명하다

불러들이지 않았는데

제자리인 양 의기양양하게

날아드는 감정의 박음질

둘러보니 언제 박혔는지도 모를

작은 못들이 수두룩하다

스스로 빼 버리지 못한

감정의 고리들

벽은 어금니 꽉 물며

또 한 번의 아픔을 견디는 중이다

졸음운전

고속도로 위에서 무거운 잠이 몰려왔다
하늘은 급하게 도로 위에 납작하게 눌어붙었고
넓은 도로는 구불텅거리며 좁은 낭하로 돌변했다

눈동자를 장악한 뿌연 안개
핸들을 꽉 움켜잡은 손에서
슬그머니 힘이 달아나자
손가락이 홀로 삐끗거린다

생각을 매만질 틈도 없이
슴벅거리는 눈이 무릎 아래로 툭 떨어진다
도로 위는 급격히 혼란에 빠졌고
꿈벅이며 접촉 불량인 생은
창문을 열어 세상을 들어 올리려 필사적이다

졸음은 잠 속에 묻어 두었던
숙면을 찾아 헤매는 중이다
길어진 졸음이 흘러내리자

순식간에 질서는 주저앉아 버렸고

도로 위엔 놀란 잠이 토끼 눈으로 부양 중이다

흰 그림자

온몸이 통째로 아스팔트에 박혀 있다
어디서부터 달려왔을까
한쪽 다리가 꺾인 채 다른 한쪽은 곧게 펴고
더 이상 나아가지도 후퇴하지도 못하고
두 팔은 아스팔트 위를 자맥질 중이다
그를 마지막까지
온기로 감싸고 있던 붉은 숨이
더 흐르지 못하고 바닥으로 잠식 중이다
언젠가는 그 흔적마저도 사라질 길 위에
붉은 아우성을 새겨 놓았다
돋을새김을 없애고 평평하게 몸을 펴
꼼짝 않고 박혀 있는 흰 그림자
수없이 몸을 밟고 지나가는 바퀴는
흰 그림자를 알아보지 못한 채
더욱 속도를 높이고 있다

이른 봄의 위로

고드름이 지면을 힘차게
뚫어 버릴 기세로 몸을 키울 때
매서운 바람에 몸을 맡긴 외로운 사람이
어깨를 잔뜩 웅크린 채
차가운 빌딩 숲속을 방황했다

어두워진 골목을 비척거리며
저도 모르게 파르르 눈가가 떨리고
온몸의 솜털마저 바짝 날을 세운 채
찬 기운과 마주했다

슬픔에 빠지거나 추위에 내몰린
비틀거리는 저녁이
거리를 깊은 잠 속으로 밀어 넣었다

이윽고 아침이 오고
숙면에서 깨어난 눈꺼풀 너머로
봄이 살며시 다가와

겨드랑이를 간질이고 있다

소백산 붉은여우

싸락눈이 내리자 나는 떠났고
소백산은 눈을 감고 말았네
산에는 변함없이
진달래 철쭉 피고 졌다지만
깊은 골짜기 시린 바람은
길고 긴 연서를 멈추질 않았던 거야
오랜 기다림에 화답이라도 하듯
가뭇없던 시간의 사슬을 거슬러
잰걸음나비로 다시 왔네
이제 소백산에 겨울은 가고
여우가 숨겨놓고 먹는 사과*의 땅
나 순흥으로 다시 돌아왔네

---

* 순흥에서 생산되는 사과 제품명

풍기 인견

남들은 기차 타고 서울로 서울로
굵은 동아줄 행렬로 이어지는데
쭉 뻗은 고속도로 팽개치고
고향에 홀로 남은 뚝심
손톱이 닳고 살이 에이도록
치켜든 희망의 깃발
베틀 앞 망부석 되어
아릿한 희망 물레 돌리면서
척박한 네 몸의 설움
실타래를 타고 흘러들어
그 많던 사유
인연으로 얼기설기 엮었더니
어느새 첫사랑처럼 찾아온
곱땃스레 시원한 이 숨결

삶의 신호등

평행선을 가로지르는 신호등
정해진 약속에 맞추어
차례대로 제 색깔을 드러낸다
삶이 아주 미약하다고 느껴지는 날에는
주황색 신호등을 보자

붉은 등과 초록 등의 사이
잠시 나타났다 사라지는 깜빡이 등
찰나의 순간을 놓치지 않고
제 역할을 하고 있다
정확하고 충실한 삶이 거기 있다

한곳에서 변함없이
자신을 드러내는 일
비록 미약한 삶일지라도
삶은 이처럼 꾸준히 반복돼야 하는 것
찰나의 순간 반짝 드러나는 존재감처럼

누구든 이런 삶의 신호등 하나 가질 일이다

눈사람

북새바람 불어오면
잣눈 속살 떼어 내
몸을 일으킨다
겨울 능선을 지나
계절의 경계를 넘어선
둥근 질주
떠날 때를 알아
스스로를 비우고
훌훌 길 떠나는 이

쪽동백나무 아래에서

때죽나무와 쪽동백나무꽃이 헷갈렸습니다
이래도 저래도 그만인 말 없는 꽃들입니다

때죽나무꽃은 잎과 허공 사이를 자유로이 번졌고
쪽동백나무꽃은 한 움큼의 빨래집게처럼
나란히 줄지어 거꾸로 매달렸습니다

꽃들은 처음부터 하늘을 등지고 피어나
나무 아래를 밝히고 있습니다

때를 알아 꽃은 통째로 몸을 던져
툭툭 숨을 잘라 가벼워지고
비워야 채워지는 나무 아래에서
오래도록 하얀 꽃등을 봅니다

세상에는
쉽게 구분 지을 수 없는 것들이 많은데
다름을 찾아내는 일이 관심이고 사랑이라면

잠시, 누군가를 못 알아봐도 좋을 것 같습니다

코골이

밤새 깔딱 고개를 넘고 있다

곤히 잠드는 일이 길고도 멀어

경주마 달리듯 요란하다

급한 일도 없는데 늘 가속도가 붙는다

이따금 나타나는 멈춤 신호는

더 급박해진다는 신호다

날짐승 울음이 깜깜한 천장을 찰지게 두드린다

살짝 누그러져 잠깐 찾아든 고요

이내 멈출 수 없다는 듯

턱을 실룩거리며 진동을 이어간다

밤새 시달리던 주변의 공기가

파리하게 지쳐가고

멈추지 않는 콧속 긴 터널 까맣게 그을렸겠다

고추잠자리가 건넨 말

한껏 기지개를 켜며
손을 높이 치켜들었을 때
순간!
손끝으로 숨결이 내려앉았다
파르르 흩어져 버릴 듯 얕은 호흡이
시간을 멈췄다
높게 유영하며 주변을 그리던
커다란 눈을 떼굴거리며 건네는
은빛 날개의 언어가
하늘을 박차고 날아오르기 시작했다
잠자리가 잠시 숨을 고르는 사이
햇살이 손끝에 와 닿는 찰나에 파문이 인다
고추잠자리가 손가락을 사뿐히 날아오르자
이쁘다는 말이 포물선을 그리며
하늘 가득 번지기 시작했다

부석사에 가면

삶이란 고독한 거라서 가끔은 숨을 쉴 수가 없다
부석사를 오르며 알았다 세상은 다 외롭다

빈 사과밭 나뭇가지 몸을 떨며 바람을 당기고
여기선 다 괜찮다 중얼거리며 안양루에 올랐는데

거기
먼저 온 노을이 숨을 펴고 있었다

배흘림기둥을 지나
뜬 것도 가라앉은 것도 아닌 부석浮石

그 사이 비어 있는 것들의 중심을 보았다
중심은 틈이자 오랜 시간을 관통하는 숨이다

무량수전 풍경소리 망망대해를 헤엄치고
동쪽으로 앉은 부처님 세상의 숨을 살피고 있다

숨이 있고

쉼이 있는

부 석 사

황금가지 나무 아래로

마음이 고단한 날
프레이저 황금가지 톳나무 아래로 간다
나뭇잎은 여전히 푸르고
거룩한 숲은 여전히 꿈을 꾸고 있다
페이지를 넘길 때마다
불끈불끈 수퍼들 힘 모으기가 한창이다
그곳에는 약한 힘은 거둬지고 더 강력한 힘이
세계를 장악하는 힘겨루기 장이다
힘센 이는 들소 등에 창을 꽂고
비가 내릴 때까지 기우제를 지내며
한 생각에 얽매이지 않고 자유롭다
예측불허인 세상
예전에도 그랬고 지금도 그렇듯이
힘들 때마다 우리를 위로하는 정령은 있다
바람결에도 나뭇가지에도 영혼이 깃들어 있고
세상 어느 곳에도 정령들은 여전히 살아 숨 쉬고 있다

비상飛翔

해도 지쳐 졸고 있는

나른한 연못가 풀섶 언저리

연보라 꽃무리가 한껏 기지개를 켜고 있다

소나무를 타고 오른 박주가리 덩굴

바람에 몸을 뒤척이며

헤실헤실 미소를 흘리고

소나무와 박주가리꽃의 경계를 이은

들풀거미 그물이 미세한 바람에도 출렁인다

싱싱한 패기로 치솟은 덩굴

기를 쓰고 올라도 다다를 수 없는 하늘이다

잘 산다는 것은

세상에 더불어 출렁거리다가

세상 속으로 더 넓게 물들어 가는 것이라고

가벼워져 세상의 강을 건너는 것이라고

박주가리 홀씨의 가르침을 듣는다

굳게 다물었던 입이 열리자 모체를 떠나는 홀씨

우아한 깃털을 펴고 계절의 강을 건넌다

걷는다는 것은 산다는 것이다

무수한 걸음이 앞서가고 뒤따르며
문명은 거듭되었고
그러다가 어느 순간 걸음을 멈추자
탄소량이 늘어나는 것에 대한 두려움
먹거리에 대한 고민을 하다가
문득 나이 듦에 걸음이 무거워졌다
지구도 나이가 들어
곳곳에서 비명이 터져 나오고
내 몸도 구석구석 미열을 앓고 있다
그럼에도 다시 채우기에 급급하다가
하릴없이 한눈팔다가
벗어나려 안간힘을 쓰다가
또다시 길을 나선다
걷는다는 것은 살아 있다는 것이다
걷다가 알게 되었다
발자국이 가벼워져야 하는 거였다
누군가 살아남게 하려면
누군가 살아가게 하려면

비워내고

또 비워내서

깃털처럼 삶이 가벼워져야 하는 거였다

봄은 빛으로 먼저 온다

나른한 봄 햇살에
졸음을 털며 바라본 하늘
허공에 어수선하게 얽힌 나뭇가지에
푸르스름한 빛이 아롱거린다
꼬리가 길어진 햇빛이 허공을 유영하며
나뭇가지를 간질이고 있다
봄이 꽃으로 피어나기 전
빛으로 먼저 벅차오르는 중이다
겨우내 잠자던 나뭇가지가
환하게 몸살을 앓다가
마침내 햇살 고인 자리에 숨을 튼다
햇살을 뜯어 먹으며
고개를 내미는 여린 초록 잎
빛은 점점 색을 더해 가며
연두에서 초록으로 옷을 갈아입는다
팔랑이며 허공을 더듬는 여린 잎 사이로
봄 햇살이 가득하다

아픔의 시, 긍정의 힘

김신중(시인)

1. 아픔의 길

사람들은 아프다. 아픔의 이유도 가지각색이고 아픔의 이유를 모르고 아파하는 사람들도 많다. 아픔은 모든 사람에게 공평하고, 모든 사람은 아픔에서 벗어날 수 없다는 점에서 보편적이다. 사람들 대부분은 아픔 때문에 마냥 슬퍼할 수는 없어서 치유하거나 극복하려고 애쓰지만 아픔을 든든하게 넘어서기란 말처럼 쉽지 않다. 아픔은 질기게 우리의 뿌리를 흔든다.

사람들은 아픔 때문에 괴로워하면서 어떻게 아픔을 넘어설 것인가를 고민한다. 아픔을 이기기 위해서 사람들과 부딪히기도 하고 시대와 정면으로 맞서기도 한다. 문화 충돌의 소용돌이에 빠져서 몸부림을 치기도 하고 내적 갈등 속에서 끝없이 번민하면서 아픔을 마주한다. 대부분 사람은 그렇게 아픔의 파고를 넘는다. 아픔이 새로운 것을 창조하는 힘이 되는 순간이다.

정선남 시인은 아픔 앞에서 정직하다. 굳이 사람들에게

아픔을 감추려 들지 않는다. 시인도 아플 수는 있지만 아픔에만 머물러 있을 때 우리는 그것을 '감상(感傷)'이라고 말한다. 감상은 '사물에 대해 느낀 바가 있어 마음속으로 슬퍼하거나 아파하는 것'이기 때문에 마냥 머물러만 있으면 병든 언어가 된다. 정 시인의 아픔은 그냥 아픔으로 머물러 있지 않고 길을 따라 변한다. 시인에게는 아픔의 여정이 있으며 시집 『아픔도 근육이다』를 읽는다는 것은 아픔의 여정을 따라 여행을 하는 것과 같다.

　시인이 걸었던 길을 따라가다 아픔을 절절하게 표현한 시 한 편을 만난다.

동네 끝자락 쓰러져 가는 집이
혼곤한 세월을 붙잡고 서 있다
상처로 아픈 기억들이
주름으로 깊이 팬 자국으로
지워지지 않는 벽지의 얼룩처럼
집 안 구석구석 묻어 있다
마른기침이 잦은 집주인은
기울어진 대문을 닫아 버리고
집 안은 가장 작은 섬이 되어
세상에서 밀려나고 있었다
담장 밖엔 개나리가 흐드러지게
폭포수를 이루고 있는데
집 안엔 그늘이 쓸쓸하여 깊다

-「우울한 봄」 전문

138

"상처로 아픈 기억들이 집 안 구석구석 묻어 있다. 집주인은 기울어진 대문을 닫아 버리고 가장 작은 섬이 되어 세상에서 밀려나고 있었다. 집 안엔 그늘이 쓸쓸하여 깊다." 시인은 세상과 연결된 통로인 대문을 닫고 세상에서 동떨어진 섬이 될 정도로 아프다. 아픔의 절대성이라고 명명할 정도의 아픔이 시인의 삶을 흔들고 있다. 흐드러진 개나리와 쓸쓸한 집이 대조를 이루면서 아픔의 절대성 앞에 절망하는 시인이 무척 안쓰럽다. 이런 아픔 때문에 정 시인이 걸었던 아픔의 길을 함께 걷고 싶어지는지도 모른다.

언제나 변하지 않고 제자리에 있는 것은 아픈 것일까, 든든한 것일까? 특히 곁에 있는 사람이 말없이 바라보면서 지켜보고만 있다면 든든하기 이전에 섭섭한 생각이 들 수 있다. 사랑하는 두 사람이 서로 존경하는 마음은 인격적으로 만난다는 의미에서 중요하지만, 무엇보다 표현하는 데서 사랑을 확인하게 된다. 시인은 단호하게 사랑은 표현하는 것이며 표현하지 않는 사랑은 착각이며 아픔이라고 정직하게 말한다.

눈보다 심장이 먼저 알아보는 것
심장이 솜사탕처럼 부풀어 오르는 것
혈관이 팽창하여 가슴이 요동치는 것
선홍빛 얼굴로 물들어 가는 것

입보다 표정으로 먼저 고백하는 것
눈앞에 두고도 간절히 그리운 것
그리움에 달보다 환한 얼굴로 먼저 달려오는 것
천년의 시간이 지나도 오늘처럼 생생한 것
해가 지고 달이 가도 꼭 만나지는 것
그리움의 무덤이고
애태움의 무덤인 것
언제나 변치 않고 제 자리에 있는 것
　　　　　　　　　　　　　－「사랑 착각」 전문

　사랑을 뭐라고 정의하기는 어려우나 마음을 감각적인 표현으로 드러냈을 때 우리는 사랑을 느낄 수 있다. 감각은 우리 몸의 언어이기 때문이다. 시인은 사랑을 감각적으로 표현하다가 은근히 마음이 저린다. 정작 나의 사랑은 "언제나 변치 않고 제 자리에 있는 것" 같다. 궁극적으로는 변치 않고 제자리에 있는 것이 사랑이라 할지라도 "그리움의 무덤"이고 "애태움의 무덤"이기 때문에 착각이라고 해도 감각적이었으면 좋겠다. 변치 않고 제자리에 있는 것은 그 깊이를 깨닫기까지 보통 사람들에게는 무척 아픈 것이다.

　이 시집에는 그리움의 시편들이 많다. 그리움은 아픔의 연원이 된다. 추억의 방에 있는 할아버지, 할머니, 아버지, 어머니, 시어머니는 당연히 그리움의 대상이다. 이웃집에 살았던 사람들이며 함께 했던 모든 사상(事象)이 그리움이

다. 그중에서도 시인에게 가장 애틋하게 가슴에 남아 있는
아버지는 시인의 삶의 뿌리와도 같기에 그립다.

어느 해 겨울
아버지는
차가운 땅속을 열고 가셨다

그날처럼 추운 날 친정에 갔다
집안 곳곳 마당에도 거실 벽에도
아버지의 숨이 대롱대롱 매달려 있다

방바닥에 납작 엎드려 코를 박자
군불을 지피며 나지막이 읊조리던
아버지의 목소리가 귀를 간지럽히고
아랫목에선 아버지 냄새가
노릇하게 익어 가고 있었다

뭐하나 변변하게 하는 것이 없던 내가
혼자 힘으로 고등학교 졸업장을 들고 집
에 갔던 날, "우리 남이가 최고제. 암, 그
렇고 말고." 힘들고 지칠 때마다 불끈 힘
을 주는 내 생의 최고의 찬사도 여전히 방
바닥을 맴돌고 있다

오랜만에
아버지가 달궈 놓은 따스한 아랫목에서
가마솥에서 빡빡 긁어낸

누룽지를 둥글게 말아 쥐고 뒹굴던
어릴 적 추억을 베고 누워
까무룩 잠이 들었다

-「친정집」 전문

　　메타포와 이미지, 아버지의 이야기가 절묘하게 어우러
지는 절창 한 편을 읽는다. 방바닥에서는 아버지의 목소리
가 귀를 간지럽게 하고, 거실 벽에는 숨이 대롱대롱 매달려
있으며, 아랫목에는 아버지의 냄새가 노릇하게 익어가고
있다. 이렇게 아버지의 추억을 베고 누워 잠이 들었다. 아
버지의 숨결이 메타포로 그 깊이를 더하면서 이미지 하나
하나가 선명하게 떠오른다. 거기에 추억 중 가장 절실했던
이야기를 중간에 삽입하여 시적 긴장에서 툭, 여유 있는 감
동을 던진다.

　　소나무에도 아버지가 계시고(「소나무를 읽다」), 할아버
지를 떠올리면 고구마의 향기가 문틈으로 들어와 그리움으
로 물든다(「오래된 기억」). 할아버지의 목소리는 여전히 나
를 키우고 있다(「소리」). 가오리 장지갑에는 시어머니의 말
씀이 돈 대신에 아직도 두둑하게 들어 있고(「가오리 장지
갑」), 가난 때문에 집의 뼈대가 허물어졌던 어린 시절이지
만 "마당을 넘어 동구 밖을 뛰놀던 추억/ 맑은 하늘 가득 시
간의 주름이 그려지고/ 고요히 나부끼던 그리움이/ 코끝에

와 닿으며 글썽거린다"(「추억」)처럼 가난마저 아름다운 그리움이다.

2. 추억의 방

그리움은 부재중일 때 주로 나타나는 정서다. 추억도 부재중이어서 그립다. 사랑도 이별을 맞으면 당연히 그립다. 그러나 정 시인에게 있어서는 부재중이 아니라 곁에 있어도 그리운 특별함이 있다. 류시화의 시집 『그대가 곁에 있어도 나는 그대가 그립다』처럼 옆에 존재하고 있음에도 타는 그리움을 느끼는 독특함이 있는 것이다.

부부에게 있어 사랑은 점점 일상이 되어 간다. 사람들에 따라 차이는 나겠지만 대부분 사람은 일상을 그대로 받아들인다. 시간이 지남에 따라 사랑의 감각은 무뎌져 가고, 때가 되면 사랑보다는 신뢰로 살아가야 한다고 말한다. 그러나 시인은 이러한 일상을 쉽게 받아들일 수가 없다. 사랑은 사랑의 색채와 감각, 사랑의 언어를 지니고 있어야 한다. 일상의 진실함을 깨닫기까지는 많은 시간이 지나가야 하지만 당연한 듯이 받아들이지는 못하기에 늘 그리움의 시편을 쓸 수밖에 없는 것이다.

달은 늘 제 그림자를 따라다녔지
먼 길을 돌고 돌아도
누구도 외롭냐고 묻지 않았어
애타게 울부짖는 것들이 잠든 시간
어둠이 주는 묵직함은 고요를 더했지
크기가 정해지지 않은 시간이
은밀하게 자신만의 리듬으로 떠돌다가
적막한 어둠을 베어 물고
홀로 우뚝 솟은 나무를 발견했어
어느 순간
나무가 달을 포획해 버렸지
서성거리던 어둠이 끝내 머리를 풀며
날아가 버리고 난 후에야 알았지
허공엔 온통
그리움의 무늬가 새겨져 있음을
－「그리움을 품다」 전문

부부라고 해서 같은 길을 가는 것은 아니다. 부부는 두 그루의 나무가 서 있는 것과 같아서 더불어 살아가되 지향하는 삶의 목표는 서로 다르다. 그러기 때문에 부부만큼 그리움이 더한 관계는 이 세상에 없을지도 모른다. "찬바람에 나부끼던 마음도/ 찻잔 속 고요하게 물들다/ 따스한 인연으로 피고 지고/ 그대를 그리며 오늘도 차를 마셔요"(「국화차 마시는 날엔」) 그렇게 차를 마시면서까지 서로 그리워한다.

이런 일상 속에는 사랑이 고스란히 남아 있다. 사랑이 일상이 되었다고 해서 무관심으로 변질되는 것은 아니다. 시인은 어느 날 문득 일상 속에 빛나게 살아 있는 사랑을 깨닫고 그리움은 물론 아픔을 치유하기 시작한다.

익숙한 것에 화르르 미움이 돋아
발가락 끝까지 서러워서
마음과 마음 사이 찬 서리 끼던 무렵
미움에도 다리가 돋고 날개가 있음을 알았네
세월 지나니 몸에 새겨진 뾰족한 기억은
희미해지고
몸을 빠져나가는 기운은 빠르게만 느껴져
아옹다옹했던 시간은 덧없기만 하네
이제 와 지난 시간을 돌아보니
오래 길들인 편한 신발 같은
그대가 있어 험한 인생길 그나마
무던히 걸어왔음을 알았네
때늦은 고백이 그래도,
더 늦지 않아서 다행이라고
궁색한 핑계거릴 찾다가
손과 손을 마주 잡는다는 게
그대 손등 위 내 손 살갑게 얹는다는 게
이리 긴 세월이 필요한 줄은 몰랐네
슬며시 맞잡은 그대 따스운 손이 위로라는 걸
내 생애 가장 큰 위로가 그대였음을
이제사 고백하네
　　　　　　　　　　　　　　　－「그대라는 위로」 전문

일상은 사랑이다. 이 명제는 거짓이지만 이 시에서는 참이다. 거짓인 명제를 참으로 바꿀 수 있는 사랑이야말로 위대한 사랑일 수 있다. 사랑의 감각이 무화無化하여 점점 일상이 된다는 것은 아픔이지만 "오래 길들인 편한 신발 같은 그대가 있어" 오히려 행복한 삶을 살아갈 수가 있는 것이다. 두 그루의 나무가 각자의 세계를 향해 가다가 잎을 내어 서로 스치면서 소리를 내듯이 이제 시인도 오랜 세월이 지나서 "손과 손을 마주 잡는다는 게/ 그대 손등 위 내 손 살갑게 얹는다는 게" 일상 속에 숨어 있는 사랑임을 깨닫게 된다.

3. 근육의 힘

아픔의 연원 깊은 곳에 말이 있다. 시인에게 있어 말은 "세상을 밝히고 캄캄한 곳을 밝히는"(「말 말 말」) 것이어야 한다. 말은 빛이다. 말은 존재를 드러나게도 하지만 더 깊은 어둠 속에 사물을 가두는 힘이 있다. 말을 한다는 것은 어두운 마음에 빛을 비추는 것이다. 빛나는 말은 상대방의 마음을 환하고 시원하게 하지만 어두운 말은 마음을 할퀴고 답답하게 한다. 사람들에게 모멸감을 주는 어두운 말을 시인은 참을 수가 없다.

어른은
사람들을
말言語로 툭툭 치며
장난이란다

사는 게 난장亂場이다

-「장난」 부분

말로 사람을 툭툭 치면서 장난이라고 하는 사람들을 비웃는다. 장난은 난장으로 바꾸어 표현하는 것은 언어유희다. 사람들은 말로 장난을 한다. 시인은 장난을 난장으로 말하면서 말장난을 한다. 피차가 장난하고 있으니 우리는 이런 세상을 난장亂場이라고 한다. 시인의 언어유희 속에 말로 상처를 주는 사람들에 대한 냉소와 풍자가 날카로워 섬뜩하기까지 하다. 시인은 사람들에게 모멸감을 주거나 상처를 주는 어두운 말을 용납할 수가 없다. 아픔을 주는 사람들을 직접 욕하거나 탓하지 않고 풍자로 사람을 찌르는 날카로움이 있다.

특히 시의 언어는 진정성이 있어야 한다. 시의 진정성은 여러 관점의 설명이 가능하겠지만 무엇보다도 시인의 말이 거짓되지 않아야 한다는 말이다. 물론 시인과 시적 화자가 일치하지는 않지만, 시적 화자의 삶의 태도와 시인의 삶이 어느 정도는 일치해야 한다는 말이다. 시의 언어보다 시인

의 사람됨에 문제가 있다면 결국 말에 문제가 있다,

> 무릇 말은 은유적이어야 한다며
> 한 번 두 번 더 꼬아줘야 제맛이라면서
> 더욱 거세게 불길을 당긴다
> 젓가락으로 휘휘 젓다가 뒤집다가
> 숨죽어 노릇하게 구워진
> 요염하게 뒤틀린 허기를 집어 들었다
>
> ─「뒤틀린 맛」 부분

진정성이 없이 비유로 꼬아줘야 시가 된다는 혹자의 말을 전면 부정하면서 그런 시 작품이 아무리 그럴듯해도 제맛이 나지 않아 시인은 풍성한 비유의 식탁에서 허기를 느낀다. 그렇기에 시를 읽는다는 것은 "설레기도 하고 먹먹하기도 하다가 때론 씁쓸하기도 하고 가끔은 썩은 냄새를 맡기도"(「향기를 읽다」) 하는 것이다. 진정성이 없는 시는 썩은 냄새가 진동하는 부패한 언어라는 것이다. 진정성이 없는 말은 소멸하여 결국 무덤이 된다. "아늑한 강의 밑바닥에는 수많은 말의 무덤이 가라앉아 있다."(「우렁쉥이 얼굴」)고 선언한다. 정 시인에게 진정성이 없이 수사나 이미지가 화려한 언어는 죽은 언어일 뿐이다.

우리 모두에게는 그리워할 추억이 있다. 많은 사람은 추억이 여기저기 흩어져 있다. 흩어져서 존재하기 때문에 추억 때문에 생긴 아픔을 치유하기가 어렵다. 그러나 정 시인에게는 추억의 방이 따로 있어서 추억들이 그 방에 가지런히 정리되어 있다. 어쩌면 정리돼 있기에 아픔을 다뤄 나가기가 훨씬 수월할 수도 있다.

힘든 고비마다
버팀목이 되어
삶의 줄기를 세우고
따사로운 햇살로 다가와
만 갈래의 가지로 피고 졌음을

오랜 시간이 지나도
고행길을 걸으며
발목이 시릴 때마다
아픔을 어루만지던 추억
그 추억의 방에 누워 쉽니다

여전히 그 하루가 오늘입니다

–「하루 그 추억」부분

추억의 방에 살고 있는 사람들과 사상事象은 모두가 그리움이며 아픔이지만 힘들 때마다 버팀목이 돼 주었으며 삶의 나무가 깊고 넓게 높게 클 수 있도록 해 주었다. 오히려 삶이 힘들고 괴로울수록 아픔을 어루만지며 쉴 수 있는 삶

149

의 여유를 주었다. 시인은 추억의 방에 가지런하게 정리된 추억을 소환하면서 현재의 삶을 긍정하게 된다.

　이쯤 되면 아픔도 근육이 된다. 근육은 우리 몸의 움직임과 조작을 담당하며 자세를 유지시켜 주고 관절을 연장해 주고 생명을 유지하는 데 중요한 기능을 담당한다. 우리는 근육 없이는 제대로 설 수가 없고 아무리 뼈대가 있다고 해도 근육이 없으면 튼튼한 삶을 살아갈 수가 없다. 아픔도 이기면서 살아가면 오히려 삶을 튼튼하게 한다. 정 시인에게 있어서 아픔은 삶에 운동력을 부여하는 근육과 같다.

소나무는 바람과 태양을 키웠다
이슬과 벌레들의 보금자리
늘 푸른 손으로 길을 연다
길이 끊어진 곳에서
삶의 한 통로를 닫은 채
하얀 페인트처럼 말라붙은 송진 액이
세상을 향해 두꺼운 방패가 되었다
몸에서 뻗어 나간 또 다른 근육들을 지키기 위해
기꺼이 팔 하나를 도려내고
변함없이 꼿꼿한 기상으로 묵직하게 서있다
소나무의 내력을 살피다가 보았다
꺼칠한 수피는 온몸으로 번져

보드라운 속살을 지키고 있었다
거기, 한쪽 폐를 도려내고도
담담히 가족을 지킨 아버지가 계셨다
-「소나무를 읽다」 전문

　　가파른 절벽 위에서 자라는 소나무를 가끔 본다. 바람이 세차게 불면 든든히 뿌리를 내린 소나무보다도 쉽게 뿌리가 뽑힐 수 있다. 세상에 내어줄 수가 있다. 더 세차게 바람이 불면 소나무는 가지 하나를 바람에게 내주고 송진으로 몸을 보호하면서 근육을 키운다. 소나무의 상징 속에 아버지가 있다. 아버지는 아픔을 아픔 그대로 받아들이면서 자식들의 근육을 키워주기 위해 단호하게 자신을 희생한다. 그래서 아픔도 근육이다.

유월 어느 날 밭이랑 가득
푸른 잎들이 넘실거렸다
언제 저렇게 넓게 번져 갔을까
뜨거운 태양 아래서
온몸으로 뽑아 올린 생명의 힘이
폭염을 뚫고 어느새 푸른 강을 이뤘다
-「묘목농원을 지날 때마다」 부분

길 지나는 사람을 위해
나무의 팔을 내어 주고 그 자리에

솟아난 옹이는
상처 위로 진액을 덮어 가며
저렇게 곧게 서 있었던 것이다
투영되는 나무 안의 그림자를 보며
나는 자꾸 목이 멘다
괜스레 내 팔을 만진다
잘려 나간 팔이 무수히 많아서
마음에 생긴 옹이로 울퉁불퉁하다
나도 모르게 오르막을 오르며
둥글게 말렸던 중심을
반듯하게 펴고 걷는다

―「소나무 옹이」 부분

굽은 허리에 푸른 혈관이 돌고
발이 돋고 귀가 돋아
수만 번 번뇌를 끊고 끊었더니
천삼백 개의 깨달음이
뿌리로 흘러들어 발을 적신다
산사 청량한 목탁소리에
귀가 밝아지고 눈이 맑아져
누가 있어 예까지
버선발로 달려왔나
선비화
선비화
아픔 속에서 밀어 올린 빛
이토록 환한 해탈의 꽃 피우다니

―「부석사 조사당 선비화」 전문

아픔이 근육이 되어 꿋꿋하게 일어서는 모습이 시집 곳곳에 있다. 수많은 나무가 '생명의 힘으로 폭염을 뚫고' 일어서는 묘목농원의 경험은 경이롭기까지 하다. 나무의 옹이를 보면서 진액이 굳어지고 울퉁불퉁하게 아픔이 근육이 돼 가는 과정을 노래하면서 오르막을 중심을 반듯하게 펴고 꿋꿋하게 걸어 올라가는 시인의 강인한 정신을 느낀다. "아픔 속에서 밀어 올린 빛으로 해탈의 꽃을 피우는" "부석사 조사당 선비화"에서는 보이지 않는 아픔이 밀어 올릴 수 없는 빛을 밀어 올려 추상적인 것을 생생하게 눈으로 보여줌으로써 아픔이 근육이 되는 역동성을 느끼게 한다.

4. 긍정의 삶

미학자 가스통 바슐라르는 "시인의 상상력은 가장 극단적인 것을 서로 연결할 때 가장 위대하다"고 했다. 아픔과 근육은 얼핏 보기에도 아무런 관련이 없다. 이 둘은 가장 극단적인 자리에 위치한다. 시인은 극단적인 곳에 있는 아픔과 근육을 빛나는 상상력으로 연결하고 있다. 아픔이 근육이 되는 순간에 아픔은 보편적이며 정신적인 아름다움을 지니게 된다. 여리고 여린 감정이 단단하고 꿋꿋한 정신으로 승화되는 멋스러움이 있다.

아픔이 근육이 되는 곳에 긍정의 힘이 있다. 닫았던 대문

을 열고 가장 작은 섬에서 세상으로 나간다. 가장 먼저 사
랑하는 사람을 만나면서 침묵하는 언어를 잘못 읽은 자신
을 발견한다.

> 당신의 시선 변방을 서성거렸어요
> 마음속 당신이 너무 크고 깊어서
> 마음에 가두어지지가 않았어요
> 사랑이 커 갈수록
> 혈관과 뼈들이 녹아내렸지만
> 변방은 늘 사랑의 구석진 곳이라
> 끝내 속마음을 드러내지 못 했지요
> 당신은 화살을 쏜 적이 없지만
> 그 화살에 맞아 신음했어요
> 세월은 흘렀고
> 당신이 박아놓은 대못들은
> 변방 곳곳에 박혀 있었어요
> 그런데 말이에요
> 내가 느낀 그 변방이 실은,
> 당신의 마음을 관통하지 못한
> 오독의 길이란 걸 알았어요
>
> —「오독誤讀」 전문

당신에 대한 「오독」을 발견하고 나서 사랑하는 사람을 제대
로 읽는다. 지금까지는 사랑하는 사람을 잘못 읽어서 늘 변
방에 살고 있다고 한탄했었는데 사랑의 중심에 있었다는

154

것이다. 그 사람이 "힘든 고비마다/ 버팀목이 되어/ 삶의 줄기를 세우고/ 따사로운 햇살로 다가오는"(「하루 그 추억」) 사람임을 알았다. "어둠 속으로 다시 걸어가는/ 죽음을 배웅하는 아침/ 어둠에서 풀려난 잠은/ 깃털처럼 가벼운 아침"(「아침을 맞으며」)을 맞이하면서 긍정의 삶을 시작한다. 사랑하는 사람에 대한 긍정의 회복은 이 시대를 살아가는 사람들을 따뜻한 눈으로 바라보게 된다.

> 잘 산다는 것은
> 세상에 더불어 출렁거리다가
> 세상 속으로 더 넓게 물들어 가는 것이라
> 고
> 가벼워져 세상의 강을 건너는 것이라고
> 박주가리 홀씨의 가르침을 듣는다
>
> ─「비상飛翔」 부분

박주가리 홀씨의 가르침으로 시인은 세상을 긍정한다. 긍정의 삶은 세상을 살아가는 사람들과 공감하면서 함께 한 시대의 강을 건너는 것이다. 넓은 세상에 대하여 위축되지 않고 당당하게 세상과 더불어 살아갈 것을 선언한다. 세상으로 들어가는 것이 속된 것이 아니라 오히려 「비상飛翔」임을 깨닫는다. 삶을 긍정하고 나니 이제는 날 것 같다는 것이다.

시집을 읽으면서 시집 전체의 구도를 나타낸 시 (「추억」)
이 눈에 띈다. 시인이 의도하지 않아도 무의식 속에 이미
아픔이 근육이라는 명제가 자리 잡고 있는 듯하다.

어릴 적 살던 집 뼈대가 허물고
이끼가 시간의 더께로 내려앉는다
따스한 밥이 끓던 부엌을 지나면
엄마의 종종걸음이 따라온다
마당 귀퉁이 덩그러니 남아 있는 우물에
지나버린 시간이 머물고 있다
반짝, 빛 하나가 빠르게 날아올랐다
책상에서 소설을 읽던
옛날의 내가 말을 걸어온다
고여 있던 추억이 우물 가득 넘쳐나고
우물에는 미소가 아른거린다
마당을 넘어 동구 밖을 뛰놀던 추억
맑은 하늘 가득 시간의 주름이 그려지고
고요히 나부끼던 그리움이
코끝에 와 닿으며 글썽거린다
뼈대 앙상한 집 등뼈 위에
따사로운 햇살이 새살로 내리더니
조금씩 조금씩
힘을 내어 일어서는 추억

-「추억」 전문

「추억」에는 그리움과 아픔, 근육처럼 당당하게 일어서는

시인의 모습이 고스란히 나타난다. 시집의 전체적인 구도를 보여주면서 시집 제목처럼 '아픔도 근육'이 우연히 나타난 것이 아니라 시인의 무의식 속에 깊게 자리 잡고 있음을 알 수 있다. 아픔의 여정이 마무리되면서 그 여정에 진정성이 있음을 잔잔하게 말하고 있다. 추억 속의 하늘에 시간의 주름이 그려지면서 아프다. 그리움이 코끝에 닿으면서 아픔이 깊게 자리 잡지만 아픔의 뼈대에 새살이 내리면서 근육으로 꿋꿋하게 일어선다. 아픔과 그리움이 메타포로 의미가 깊어지고 아름다운 이미지로 노을과 같이 그리고 있다.

아픔의 긴긴 여정을 걸어본 사람들에게 가장 필요한 것이 시간이다. 아픔은 시간이 지나야만 곪았던 것이 터지고 새살이 난 후 옹이와 같은 근육질이 생겨나는 것이다. "때를 알아 꽃은 통째로 몸을 던져/ 툭툭 숨을 잘라 가벼워지고/ 비워야 채워지는 나무 아래에서/ 오래도록 하얀 꽃등을 봅니다(「쪽동백나무 아래에서」)" 쪽동백나무꽃은 줄기에 매달려 피기 때문에 하늘을 등지는 아픔은 있지만 기다리고 마음을 비우면서 가벼워지고 나무 아래를 아름답게 비추는 꽃등이 된다. 아픔의 미학이 완성되는 순간이다.

이제 아픔의 여정을 마무리하고자 한다. 아픔의 길 양쪽에 있었던 정선남 시인의 가족이 눈에 선하다. 친정과 시집에 사랑하는 어르신들도 나무처럼 서 계신다. 고물상을 향하는 할머니, 이웃사촌 맹수 아저씨, 고흐, 헨리 데이비드 소로, 입을 앙다문 소년도 길가에 서 있다. 아픔이 근육으로 변하면서 시인이 따뜻하게 바라볼 수 있었던 사람들이다. 아픔의 시학을 넘어 긍정의 힘으로 세상을 바라보면서 당당하게 걸어가는 정 시인의 곁에서 든든하게 함께 걸어가고 있는 사람들이다.

저 길 저 언덕 너머 다가오고 있는 정 시인의 새로운 세계가 기다려진다. 아픔과 그리움, 기다림과 긍정의 길에 이어지는 길은 어떤 모양을 하고 있는지 궁금하다. 아픔도 근육이라는 상상력에 이어지는 길에는 사유의 깊이도 더할 것이다. 단단한 아픔으로 만든 길이기에 삶의 태도 또한 든든하리라고 믿는다. 길은 길로 이어진다. 이어지는 길 어디쯤 어떤 시의 꽃을 피우게 될지 설레는 마음으로 아픔의 여정을 닫는다.

아픔도 근육이다

ⓒ 정선남, 2022

초판 1쇄 발행 2022년 11월 30일

지은이   정선남
펴낸이   이기봉
편집   좋은땅 편집팀
펴낸곳   도서출판 좋은땅
주소   서울특별시 마포구 양화로12길 26 지월드빌딩 (서교동 395-7)
전화   02)374-8616~7
팩스   02)374-8614
이메일   gworldbook@naver.com
홈페이지   www.g-world.co.kr

ISBN   979-11-388-1395-2 (03810)